G
GLADIATORS

RIVAL TEAM

PAMELA BOIOCCHI
MICHELA PIAZZA

Amori al Peperoncino

amorialpeperoncino@gmail.com

www.amorialpeperoncino.com

AMORI al Peperoncino

WWW.AMORIALPEPERONCINO.COM
AMORIALPEPERONCINO@GMAIL.COM

Nella partita della vita, è importante poter contare su ottimi compagni di squadra.
Questo libro è dedicato a tutti quelli che ci vogliono bene

PROLOGO

Sono andata a letto con il più grande coglione della storia.

Se state pensando che esageri, non è così. Ho validi motivi per sostenere la mia tesi e, una volta che ve li avrò raccontati, sono sicura che mi darete ragione.

A mente fredda, direi che Jax LeBlanc è in assoluto l'ultimo uomo con cui potrei prendere in considerazione di fare sesso.

Il punto è che, ieri sera, il mio cervello non era affatto in funzione. Mentre il mio corpo, al contrario, era parecchio su di giri.

Perché a livello fisico noi due siamo decisamente compatibili.

È sotto tutti gli altri aspetti che lui diventa una pessima decisione.

È egocentrico, incline a finire in mezzo a risse scatenate per un nonnulla, arrogante. Noto per avere un passato difficile e un presente troppo pieno di privilegi.

E, come se non bastasse, la sua professione è quella che detesto di più al mondo.

Tutto sommato, quindi, lui sarà un coglione, però sono io la più stupida tra i due. Perché non sono riuscita a resistere al suo fascino pur sapendo tutte queste cose.

Anche se ero consapevole che me ne sarei pentita subito dopo, gli ho permesso di ficcarmi la lingua in bocca e di farmi sdraiare a bordo piscina.

Un errore madornale, cazzo. Un disastro su tutta la linea.

Dovrei fingere che non sia mai successo e andare avanti per la mia strada.

Potrei farlo, se non fossi costretta a condividere la casa con lui.

E se non continuassi a sentire addosso il tocco delle sue labbra.

CAMILLE

Quattro giorni prima

- Zia, zia, fai in fretta!

- Sì, dai, sta per cominciare. Hanno già inquadrato papi in posizione, davanti alla porta.

Vorrei condividere anche solo la metà dell'entusiasmo dei miei nipoti, Lewis di otto anni e Cody di sei. Ma la verità è che, mentre mi avvicino al divano con la ciotola dei popcorn stracolma e rischio di far rotolare mais scoppiato per tutti gli angoli del salotto, il mio umore non è dei migliori.

Non fraintendetemi, adoro passare del tempo con i piccoletti e vedere i loro sorrisi mi scalda il cuore. Ma assistere all'ennesima partita dei *Thunder Bay Gladiators* non mi riempie di gioia.

Spiegatemi voi cosa può esserci di appassionante nello stare seduti a osservare venti gorilloni sudati che inseguono una palla.

È un ritorno all'età della pietra.

Solo che, invece di impugnare una lancia come gli uomini primitivi, i giocatori di Lacrosse corrono per il campo con in mano una stecca.

- Forza, gladiatori! - strilla Cody, saltando sul divano.

Lo afferro per la maglietta perché temo finisca per cadere e lo tento con i popcorn in modo da convincerlo a tornare seduto. Riesco a corromperlo senza troppa fatica e lui si accomoda a gambe incrociate di fianco a me, affondando la manina nella ciotola.

- Sarà dura - afferma intanto Lewis che, essendo il maggiore dei due, si dà un tono e si atteggia a vero esperto sportivo. - I *Calgary Rock* sono un team con le palle.

- Linguaggio - lo riprendo. - Si può sapere dove hai sentito certe espressioni?

Lui fa spallucce e conosco la risposta prima di udirla. - Da papà. Lui e zio Jax stavano dicendolo proprio ieri.

Come lo spiego ai due nanetti che certe parole non si dicono? Soprattutto se escono dalla bocca di mio fratello e dei suoi amici. Sono un pessimo esempio.

D'altronde non so nemmeno perché mi stupisco. La mancanza di capacità educative di Léonard non è certo una novità ed è una delle ragioni per cui sono tornata qui a Thunder Bay, nell'Ontario. La città in cui sono nata e da cui avevo giurato di fuggire subito dopo la scuola superiore.

Distolgo lo sguardo dalla tv, per rivolgerlo verso un punto indefinito al di là della finestra. Ce l'avevo quasi fatta, ero riuscita a guadagnarmi un posto all'università di Alberta, nella città di Edmonton. Iscrivermi alla facoltà di psicologia è sempre stato il mio sogno più grande, insieme al prendere le distanze da tutto ciò che è il mondo del Lacrosse.

Getto un'occhiata intorno e non posso fare a meno di ammirare ancora una volta lo spazio aperto e moderno della zona living della casa di Leo. Le pareti bianche e i soffitti alti donano una sensazione di luminosità e apertura alla stanza. Anche se ormai anche io vivo qui, non ci ho ancora fatto l'abitudine.

Sprofondo nel divano. Lo adoro, è così accogliente! Ha un design impeccabile, che invita a rilassarsi.

Davanti a me campeggia una TV di ultima generazione, appesa con eleganza al muro. Leo, in quanto portiere di Lacrosse, apprezza sicuramente il potere coinvolgente dello schermo, che gli permette di godersi le partite e di tenersi aggiornato sul mondo dello sport. È un tocco moderno e tecnologico che si sposa perfettamente con l'atmosfera contemporanea del resto dell'abitazione.

Mentre ammiro l'arredamento alla moda, non posso fare a meno di notare quanto questa casa sia diversa da quella in cui io e lui siamo cresciuti. La nostra dimora d'infanzia a Thunder Bay era dignitosa ma senza pretese, con mobili tradizionali e nessun dettaglio da rivista.

Vengo assalita da un senso di nostalgia, mentre ripercorro i ricordi. La nostra famiglia non era perfetta, ma le mura della semplice abitazione che condividevamo erano pervase da un senso di appartenenza e di amore. Ogni angolo raccontava una storia di legami semplici, capaci di resistere al tempo.

Rappresentava un vero rifugio di calore e felicità.

Questa villa, nonostante i comfort, non regge il confronto. Le tracce di un passato difficile non sono ancora state cancellate e a volte sento di essere tornata qui solo per mettere una toppa su un vestito troppo logoro per essere riparato.

Eppure, forse una speranza c'è.

Perché, al di là degli eleganti elementi di design, il salotto ha l'aria vissuta e i segni della presenza dei ragazzi è evidente. Una console per videogiochi, con i controller lasciati in disordine, testimonia ore di divertimento che potrebbero facilmente trasformarsi in tempo trascorso in famiglia.

Tablet abbandonati qua e là sottolineano il ruolo della tecnologia nella vita quotidiana dei miei nipoti. Disegni colorati appesi alle pareti e pastelli sparsi rivelano la loro creatività e innocenza e mi infondono un senso di calore.

- Profumi di buono - bisbiglia Cody, che ha appoggiato la testolina di capelli ricci contro il mio petto.

La tenerezza rischia di farmi salire le lacrime agli occhi e mi rimprovero per i pensieri egoistici che ho appena formulato. Sono felice di aver compiuto la scelta di tornare a casa, questi bambini hanno bisogno di me.

- Non è difficile avere un odore migliore di quello di tuo padre, che puzza sempre di allenamenti - scherzo, per cercare di tenere alto l'umore della serata.

Devo evitare di commuovermi pensando a quanto siano ancora piccoli i miei nipoti e a quanto sia ingiusto che abbiano perso la madre.

- Papà è un maschio. Gli uomini non devono sapere di bagnoschiuma.

Alzo gli occhi al cielo davanti alla sparata di Lewis, che si trova nell'età in cui lavarsi è considerato una perdita di tempo.

Sto per spiegargli come stanno le cose nella realtà, quando lui mi zittisce con un dito alzato. - Si comincia!

Sospiro e mi rassegno a rimandare la ramanzina, tanto entrambi sono ormai catalizzati dallo schermo.

Il match inizia con un face-off: la palla viene posta al centro del campo, tra le stecche di due giocatori appartenenti alle squadre avversarie che se la dovranno contendere.

Gli assistant sono pronti: due si trovano sulle linee di wing e uno in posizione centrale.

- Down - grida quest'ultimo, dopo aver guardato i portieri per assicurarsi che siano pronti. - Set.

- Sta per fischiare! - Cody salta in piedi sul divano e la manciata di popcorn che stavo per ficcarmi in bocca vola sul tappeto.

- Guarda zio Jax - interviene Lewis. - Lui sì che è un vero specialista del face-off.

- Specialista? - mi viene da ridere per il modo serio in cui ha pronunciato la sua uscita. - E dove hai sentito questo termine?

- È una cosa che dicono i giocatori. Quelli professionisti.

Ah, okay. Ma la vera domanda che mi frulla in testa è: come cavolo hanno fatto i ragazzi a riconoscere Jax LeBlanc nonostante il casco e le protezioni? A me sembrano tutti uguali, in campo.

Certo, conoscono il numero che porta sulla maglia. È l'unica spiegazione.

I bambini fremono in attesa del fischio, immobili come i giocatori che hanno il preciso obbligo di non muovere un muscolo fino al fatidico suono.

Che emozione, direte voi. Che suspense.

No, una noia mortale.

Soprattutto se hai passato l'infanzia e l'adolescenza a guardare tutte - *tutte* - le partite di tuo fratello. E anche qualche allenamento, perché noi non ci facciamo mancare nulla, qui in Canada.

Alla fine, comunque, papà aveva ragione a sostenere che Léonard avesse la stoffa del campione e che un giorno sarebbe riuscito a giocare nei *Thunder Bay Gladiators*.

Dai, lo ammetto. Sono orgogliosa di lui. Ma non mi piace nulla del suo mondo.

Soprattutto non vado pazza per i suoi compagni di squadra. Sarò prevenuta ma, quando è con loro, mio fratello regredisce. Non sembra più un uomo adulto, padre di due bambini e con fin troppi pesi sulle spalle. Non pare più il marito affettuoso che si è preso cura della moglie malata fino all'ultimo respiro, l'ha seppellita con dolore e sta facendo del proprio meglio per non togliere del tutto l'infanzia ai bambini che condividono in questo momento il divano con me.

No, Léonard torna adolescente, mentre fa comunella con i suoi amici. Diventa irresponsabile e irritante.

È come se facesse parte di un branco di idioti.

I peggiori sono due degli attaccanti, Jax LeBlanc e Noah Walker. Peccato che proprio loro siano i suoi amici più cari, quindi è assolutamente fuori discussione che io provi a farlo ragionare sulla possibilità di non frequentarli.

Non pensate che io sia una di quelle che non sanno cosa sia il divertimento. Mi è sempre piaciuto uscire, andare alle feste e a ballare.

Penso solo che a tutto ci sia un limite. Quando hai passato i sedici anni da un pezzo si suppone che nella zucca un po' di cervello ci sia, no? Dovrebbe essere finito il tempo in cui chiudere il nerd della scuola nell'armadietto sembra il top.

Ma i *Thunder Bay Gladiators* riescono sempre a dimostrarmi che sbaglio. Che ragazza fortunata sono, eh?

Mi accorgo del fischio d'inizio dalle urla dei miei nipoti.

- Dai, Jax! Prendi la palla!

La contesa si esaurisce in breve tempo e LeBlanc si impossessa della preziosa sfera. Come se ne andasse della loro stessa vita, tutti prendono a correre come pazzi per il campo.

Ho un'altra confessione da fare: non solo considero il Lacrosse uno sport inutile e violento, in più si aggiunge il fatto che non me ne frega un accidenti di niente, quindi mi sono sempre rifiutata di imparare a menadito tutte le regole.

Comunque, di base, non è niente di complesso. Ci sono un campo, una palla, i venti gorilloni con il casco che corrono con in mano lunghe stecche che terminano con una rete. Con cui devono prendere la palla, appunto, visto che è proibito toccarla con le mani.

Lo scopo del gioco? Semplicemente segnare nella porta avversaria.

Lewis e Cody invece sono due mini Léonard. Capiscono tutto quello che accade in campo.

- Quanto vorrei essere un attaccante, come gli zii Jax e Noah! - esclama il maggiore, con uno sguardo sognante che mi fa perdere ogni speranza che la tradizione di famiglia si interrompa e questo sport esca prima o poi dalle nostre vite. - Non esiste un ruolo più figo.

- Scherzi? - ribatte il piccoletto, gonfiando le guance con aria offesa. - È il portiere quello che fa la differenza vera. Se non ci fosse papà a impedire alla palla degli avversari di entrare in porta, i *Gladiators* sarebbero fregati. E poi - conclude, come se questo chiudesse la questione una volta per tutte. - È l'unico che può toccare la palla direttamente. Vorrà pur dire qualcosa, no?

Lewis sembra rendersi conto della mancanza di solidarietà appena mostrata nei confronti della famiglia e cerca di mitigare quanto detto. In lui vedo spesso un istinto di mediazione, una sensibilità che lo rende più grande della sua età. - Sì, be', abbiamo ragione entrambi. Perché comunque è un gioco di squadra. Nessun attaccante potrebbe vincere senza buoni compagni, non soltanto in porta, ma in difesa in generale.

- Ma è papà che dirige i difensori - insiste Cody, cocciuto. - Non senti come urla a quei tre dove devono mettersi?

Prima che la situazione degeneri, decido di intervenire. - In un team non esistono ruoli più importanti. Ognuno fa la sua parte, come in una famiglia.

Volevo solo essere accomodante e gentile, però mi accorgo in fretta di aver sbagliato. Questo era un momento di svago totale, una delle occasioni in cui poter svuotare la mente e dare solo via libera all'istinto.

Invece ho tirato in ballo gli equilibri di casa e Lewis si è rannuvolato. Perché è ovvio che, dopo la morte di Juliet, la squadra composta da mio fratello e dai loro bambini abbia finito per non essere più stabile.

Nessuno sa più bene in quale ruolo debba giocare: Léonard si è buttato a testa bassa nel lavoro, un centrocampista intento a correre avanti e indietro senza riuscire a prendere neanche una palla; Cody cerca di rendersi visibile facendo mille capricci, un player fuori controllo che non segue nessuno schema di gioco; e Lewis... Be' lui, che ha appena finito di affermare di voler essere un attaccante, si è messo da subito in difesa. Pronto a parare i colpi della vita e a proteggere il fratellino e, ahimè, perfino suo padre.

Torniamo tutti a guardare la partita, ma c'è uno strano silenzio, rotto solo dal rumore dei popcorn masticati e dalle urla del commentatore.

Il primo quarto finisce e viene decretato lo stop di cinque minuti.

- Oh, meno male. Devo correre a fare la pipì.

Cody schizza fuori dalla stanza per approfittare della pausa e io mi metto a chiacchierare del più e del meno.

Chissà come mi vedono i miei nipoti, se sono felici di riavermi qui a Thunder Bay, se per loro è stato un sollievo riavermi in squadra.

Ho lasciato la facoltà di psicologia per dare una mano, dato che mio fratello è troppo spesso via per trasferte e allenamenti. Non potevo consentire che i ragazzi crescessero sballottati tra una tata e l'altra, educati da estranei che non avevano davvero a cuore il loro benessere.

Amo questi bambini e loro amano me.

Perciò sì, per tornare alla stupida metafora di prima, ho abbandonato l'Alberta per tornare da loro e schierarmi in porta. Non intendo permettere che la vita metta a segno altri duri colpi contro di loro, se posso impedirlo.

- Zia...

La voce di Lewis è incerta. Non mi guarda mentre parla, come fa sempre quando sta cercando di esprimere un sentimento o un concetto che lo mettono in difficoltà.

Resto in silenzio, perché non voglio mettergli pressione né interromperlo, ma lui tace. Richiude la bocca e serra i pugni.

Faccio per allungare una mano nella sua direzione, decisa ad appoggiargliela sulla schiena. Però, prima che possa muovermi, Cody torna nella stanza come un tornado e si tuffa sul divano proprio in mezzo a noi due.

- Giusto in tempo! - sospira, soddisfatto. - Ricomincia.

E infatti in campo riprende l'azione e io capisco che il momento è passato. Qualunque cosa intendesse domandarmi Lewis, dovrà aspettare. Non parlerà mentre è presente suo fratello e mentre suo padre sta giocando.

Un nuovo face-off segna l'inizio del secondo quarto.

Approfitto del fatto che i miei nipoti siano concentrati sulla televisione per scompigliare i capelli del piccolo e dare un accenno di carezza sulla spalla del maggiore. Non ottengo risposta ma, per esperienza, so che certi gesti vengono assimilati a un livello diverso da quello cosciente. La consapevolezza di essere considerati, di essere amati, si radica in un punto nascosto all'interno di noi ed è lì che rimane fino a quando ne abbiamo bisogno.

Perché arriva un giorno, quando magari non siamo più bambini e ci consideriamo adulti e indipendenti, in cui quelle espressioni di affetto ci tornano in mente come un lampo nel buio e ci permettono di resistere e di restare in piedi.

Sono delle radici affondate in un terreno fertile, che ci nutrono e ci ancorano.

Ripenso a mia nonna, ai biscotti fatti in casa che insisteva a darmi ogni giorno prima che andassi a scuola. Ricordo che sbuffavo e ribadivo di non volerli più.

Ora li vedo per ciò che erano davvero: non cibo, bensì un atto di cura e di tenerezza. E anche io ho iniziato a preparare crostate e dolci per coloro che amo.

- Che cavolo, Brown si è fatto fregare - borbotta Cody, immusonito.

- Non ti preoccupare, ci penseranno Noah Walker e zio Jax a ribaltare la situazione. Loro sono tosti.

E infatti li vediamo gettarsi nella mischia, decisi a tornare padroni dell'attacco.

Il primo - che conosco come un ragazzone tutto sorrisi e fossette sexy pronto a sedurre una donna dopo l'altra - con una finta riesce a confondere l'avversario e a ritornare in possesso della palla.

Avanza e scarta, prima di effettuare un passaggio preciso e perfetto verso il compagno di squadra.

Anche se hanno i volti coperti dai caschi e dalle protezioni, posso immaginare il ghigno di trionfo sulla faccia di LeBlanc mentre solleva la stecca per prendere al volo la palla. È come se credesse che tutto il mondo ruoti attorno a lui. Okay, è bravo a giocare. Ma santo cielo! Che arroganza.

I passaggi tra i due proseguono per un po', mentre avanzano verso la metà campo avversaria, diretti verso la porta.

I difensori della squadra rivale cercano di mettersi in mezzo in maniera non proprio pulitissima, ma i nostri sono inarrestabili. E infatti, un attimo dopo, Jax segna.

Dagli spalti si alza un boato di grida di approvazione. Il commentatore sportivo è in visibilio, neanche avesse appena ricevuto la notizia di aver vinto alla lotteria. Anche sul nostro divano l'entusiasmo è alle stelle: Cody si è di nuovo alzato in piedi sul cuscino e sta saltando alzando i piccoli pugni verso il cielo. Lewis è più pacato, ma non di molto.

L'unica a non essere travolta dall'emozione sembro essere io. Mentre l'azione riprende, non posso fare a meno di sentirmi un po' dispiaciuta. Se avessi provato maggior interesse verso il Lacrosse, la mia vita sarebbe stata indubbiamente più semplice e felice. Avrei avuto maggiori argomenti di cui discutere con mio fratello, non mi sarei annoiata durante le infinite trasferte con i miei per assistere alle partite e forse persino il rapporto con papà sarebbe stato migliore.

Invece non mi sono mai sforzata di mostrare un coinvolgimento che non provavo, finendo con il diventare un'emarginata all'interno della mia stessa famiglia.

Solo per i miei nipoti sto cercando di cambiare e di appassionarmi a questo sport. Ma la verità è che farei di tutto, pur di condividere con loro del tempo di qualità.

La palla si trova di nuovo nella metà del campo in cui si trova la porta avversaria. Uno dei midfielder, di cui a essere onesta non ricordo il nome, ha appena effettuato un ottimo passaggio a LeBlanc.

Riprende la corsa alla porta con l'obiettivo di mettere la palla in rete. Passaggi, evitare gli avversari, qualcuno cade a terra... tutto procede nella norma, classica partita. Mi infilo in bocca una manciata di popcorn mentre annuisco alla spiegazione di ogni azione che si svolge in campo che Lewis mi propina con cura.

Combatto la voglia impellente di tirare fuori lo smartphone dalla tasca per dare un'occhiata ai social e magari cercare qualche ricetta da preparare per cena. Sarebbe un cattivo esempio per i ragazzi, se io mi alienassi dalla conversazione e dal tempo che stiamo trascorrendo insieme. Quindi non lo faccio.

Jax è di nuovo in prossimità della porta, quando viene fermato - a dire il vero in modo un po' brusco - da uno dei difensori dei *Calgary Rock*.

- Dai, è fallo! - si indigna Lewis. - Quello lì ha colpito lo zio con una forza esagerata.

Nonostante non sia una fan di LeBlanc, mi trovo d'accordo. L'arbitro, però, lascia correre.

Non saprei dire se non abbia visto il comportamento scorretto o se non lo abbia ritenuto degno di nota, ma dagli spalti la folla inizia a fischiare e a cantare insulti.

E, d'un tratto, la situazione degenera. Perché Jax non è il tipo da tollerare un'ingiustizia o uno sgarbo con maturità. Lo vediamo inseguire l'avversario, pronto a restituirgli lo stesso trattamento appena ricevuto.

Il tizio, più intelligente del previsto, capisce di essersi messo nei guai e si affretta a passare a un compagno di squadra.

Lo sanno tutti che le regole del Lacrosse prevedono che il body check, il colpo di stecca dato sul corpo, possa essere assestato solo per togliere il possesso della palla o se questa si trova in un raggio di due metri dal giocatore. Quindi, essendosi liberato della patata bollente lanciandola a uno dei midfielder, il difensore si sente al sicuro.

Crede di aver schivato la vendetta di LeBlanc.

Povero illuso.

Jax gli vola addosso e compie contemporaneamente tutti i falli possibili: lo percuote con forza, da dietro, sotto la cintola e mentre l'altro non è in possesso della palla.

- Così si fa - borbotta Cody.

- No davvero - ribatto, seria. - È un comportamento antisportivo. Ed è la ragione per cui non sono contenta che vostro padre frequenti quell'uomo: ha dei seri problemi con la gestione della rabbia ed è un pessimo esempio per i tifosi.

- Gli daranno una penalità, adesso - protesta Lewis. - Proprio ora che eravamo in vantaggio. Uffa.

Gli assistant fischiano per interrompere la partita e decretare il fallo. Ma per Jax non è comunque finita. Non sembra dell'idea di lasciar correre l'affronto del difensore. Getta a terra la stecca e si slaccia il casco, usandolo come un'arma per colpire dritto in faccia il suo avversario.

Il pubblico sugli spalti urla impazzito. I tifosi delle due squadre iniziano a scambiarsi insulti coloriti.

Il difensore finisce a terra. Perde il proprio casco che, per la violenza del colpo ricevuto, rotola lontano. E LeBlanc gli è di nuovo addosso con un pugno in pieno viso che gli fa sputare il paradenti.

È un attimo e il campo di Lacrosse si trasforma in un ring. Alcuni giocatori dei *Calgary Rock* intervengono in difesa del compagno ma i *Thunder Bay Gladiators* non sembrano intenzionati a lasciare che Jax se la cavi da solo.

Il risultato? Una maxi rissa che dura almeno due minuti.

- Dagliele, zio Jax!

- Cody! No! Quello che sta facendo è sbagliato.

- Guarda, anche papà è andato a dargli una mano.

Oh, cielo, che cavolo di esempio sta dando mio fratello a questi bambini?

Fortunatamente Léonard non si mette a menare colpi ma, sotto i fischi continui degli assistant che cercano di far tornare la calma in campo, si affianca a Jax e lo afferra per tirarlo indietro.

Avrei dovuto tappare gli occhi ai miei nipoti per non farli assistere all'ennesima dimostrazione di quanto siano idioti i giocatori di Lacrosse.

O forse sarebbe stato sufficiente spegnere la TV.

La rissa intanto viene finalmente sedata e si conclude con l'espulsione di quattro giocatori tra cui, ovviamente, LeBlanc.

Gli viene intimato di lasciare immediatamente il campo. Lui non protesta. Raccoglie il casco con calma e si avvia verso gli spogliatoi, sollevando in alto la stecca in un gesto di trionfo.

- I nostri hanno fatto bene a dare una lezione al tizio dei *Calgary Rock*. Se l'è cercata. - Cody ha messo il broncio. – Gli assistant non avrebbero dovuto espellere lo zio.

È troppo.

Con un gesto autoritario, afferro il telecomando e premo il pulsante per spegnere il televisore.

Si levano vibranti proteste, ma sollevo un dito per imporre il silenzio. - Niente lamentele. In questa casa non si giustifica la violenza, in nessun caso. Alzare le mani, o le stecche, contro qualcuno è sbagliato. Sempre e comunque. Non esistono situazioni in cui certi gesti possano essere tollerati o addirittura approvati!

Il mio nipotino ha il buon gusto di abbassare gli occhi. Non credo si fosse reso conto del significato delle sue parole.

- Non intendevo... - inizia, ma poi si zittisce.

- So che sei un bravo bambino - lo rassicuro, affrettandomi a dargli un abbraccio. - Stavi difendendo la tua squadra del cuore e ti sei lasciato trasportare.

- Come zio Jax.

- Ah, no di certo. Lui è un adulto, Cody, dovrebbe aver imparato a gestire le emozioni e a dominarle.

Mi mordo un labbro, perché mi verrebbe da aggiungere molto altro. Però so che non è il caso di infierire. I ragazzi sono già abbastanza giù di morale così e la discussione andrà affrontata in un secondo momento, quando anche mio fratello sarà presente, con calma e lasciando perdere il caso specifico di LeBlanc. Non mi interessa addentrarmi negli evidenti problemi di quell'individuo, solo trattare in modo educativo la maniera costruttiva di rispondere alle frustrazioni e alle provocazioni.

- Parleremo ancora quando tornerà papà, per adesso sarà meglio che vi laviate le mani. Tra poco ceneremo.

Non mi va però di lasciarli soli, quindi propongo con finta allegria. - Anzi, vi andrebbe di aiutarmi a preparare? Potremmo farcire dei tacos.

Un sorriso illumina all'istante i volti di entrambi. - Sì! - strillano con entusiasmo, mentre saltano giù dal divano e corrono verso il bagno in cerca del lavandino.

Tiro un sospiro di sollievo. Emergenza rientrata. Per fortuna i miei nipoti si trovano ancora in quella fase della vita in cui le delusioni possono essere cancellate da un po' di cibo goloso e da una serata in famiglia.

CAMILLE

Cos'è questo casino?

La tentazione di ficcare la testa sotto al cuscino e continuare a dormire è forte. Ma un'occhiata all'orologio mi informa che è passata da un pezzo l'ora di alzarsi.

Quindi basta poltrire!

Ieri sera sono stata sveglia fino a tardi, dopo aver messo a letto i ragazzi, per aspettare mio fratello. Ma il suo dopo partita - con folli festeggiamenti, suppongo, è durato così a lungo che mi sono addormentata sul divano. Intorno alle quattro ho deciso di trascinarmi su per le scale e infilarmi sotto alle coperte.

Per fortuna non sono stata costretta ad alzarmi presto per portare a scuola Cody e Lewis, perché oggi le lezioni sono sospese per una riunione del corpo docente. Anzi, probabilmente il caos proveniente dal piano di sotto non è altro che Leo che si è finalmente deciso a rientrare.

Potrei prendermela con calma, però i rumori si fanno sempre più inquietanti e mi spingono a scendere in fretta verso l'ingresso.

- Fai piano, dannazione. I miei figli staranno ancora dormendo.

- Be', se si svegliano mi metterò a preparare pancakes per tutti.

Perché diamine ci sono due voci?

Un terribile sospetto serpeggia lungo la mia schiena.

- Da quando tu sai cucinare? Credevo prendessi tutto da asporto o che, al limite, sfruttassi la tua povera cameriera per farti preparare dei pasti da scongelare nel microonde.

- Che c'entra, cuocere qualche pancakes non vuol dire cucinare. Fa parte delle abilità base necessarie alla sopravvivenza.

La conversazione ha preso una piega talmente assurda che ho quasi paura a palesarmi. Non sono troppo propensa a essere tirata in mezzo.

Al tempo stesso devo capire quanto sia grave la situazione: mio fratello si è portato dietro il suo rissoso compare per colazione o ha intenzione di costringerci a trascorrere con lui l'intera giornata?

Perciò faccio capolino oltre l'arco che immette nella zona dell'ingresso, solo per trovarmi di fronte un'immagine quanto meno inaspettata.

Léonard è, come immaginavo, in compagnia di Jax LeBlanc. Entrambi però sono vestiti con felpe oversize da adolescenti, nere con fiamme rosse e arancioni. La scritta "La bibita energetica dei campioni" campeggia sulle loro schiene.

Sollevo un sopracciglio, troppo stupita per commentare.

- Lo stupido sponsor per cui fa il testimonial Noah - spiega il mio fratellone, sollevando le spalle e lasciando che un enorme sorriso gli rischiari il volto.

- E per quale ragione siete vestiti come gemelli e con l'abbigliamento promozionale del vostro amico? Che fine hanno fatto i vostri vestiti?

Leo si gratta la testa, senza rispondere. È in quel momento che noto che i suoi capelli sono arruffati e in disordine.

- Tutta colpa della festa - interviene Jax.

Quasi contro la sua volontà, un angolo della bocca si solleva in quello che ha l'aria di essere un sorrisetto divertito. - Diciamo che è stata imprevedibile e un po' troppo selvaggia.

- Come la partita che l'aveva preceduta, insomma.

L'espressione, adesso, si è fatta decisamente divertita. - Sì, be', in entrambe le occasioni avremmo potuto moderarci. Ma non ce la saremmo goduta altrettanto.

Nessuno dovrebbe provocarmi prima che io abbia preso il caffè. Sento l'ira montare e non posso trattenermi. - Quindi trovi soddisfazione nel cercare di spaccare i denti a uno dei tuoi avversari?

Ho la vittoria di vedere il ghigno soddisfatto spegnersi. Forse persino uno sbruffone come lui si è reso conto di aver detto una scemenza.

- C'erano dei bambini davanti alla tv - incalzo. Indico Léonard. - I suoi, tra gli altri.

Jax si è rannuvolato. Ha iniziato a mordere l'interno della guancia e ha distolto lo sguardo, anche se mantiene un'aria di sfida.

- Su, su, la ramanzina gli è già stata fatta. Dall'allenatore e dal manager. Quindi non infierire.

Mio fratello sta cercando di difenderlo, ma LeBlanc lo fulmina con lo sguardo. Non credo fosse sua intenzione farmi sapere di essere stato sgridato sia dall'uomo che dirige la squadra sia da quello che gli procaccia gli ingaggi pubblicitari. È evidente che non sono l'unica ad aver pensato che il suo comportamento non fosse edificante.

- Non temere, ho sempre pagato tutte le mie colpe. Alcune anche più del necessario e con gli interessi. Questa volta non sarà diverso. Ma non sono il tipo che piange sul latte versato.

- Che filosofo - sbotto, mentre incrocio le braccia sul petto. - Un conto è non coltivare rimpianti, un altro non imparare dall'esperienza. Tu hai un problema con la gestione della rabbia.

- Se fosse vero, avrei già reagito alle tue provocazioni. Invece sai che ti dico? Credo che a te scocci il fatto che io, pessimo soggetto, abbia una vita più felice e realizzata della tua che sei una brava ragazza.

- Okayyyy, che ne direste di una bella colazione? - interviene mio fratello, con aria da paciere. Si mette addirittura in mezzo tra noi due, deciso a porre fine alla nostra diatriba. - Vedremo tutti le cose in maniera più rilassata, quando avremo messo qualcosa nello stomaco.

Appoggia una mano sulla schiena del suo amico e lo sospinge in direzione della cucina, lasciandomi impalata in mezzo all'ingresso.

Sono senza parole. Ma quanto può essere stronzo questo qui?

Si vanta del suo comportamento irresponsabile e ha perfino il coraggio di insinuare che io lo invidi. Io! Che non farei a cambio con la sua vita nemmeno in un milione di anni.

So che a molti potrebbe sembrare un'esistenza dorata, qualcosa per cui fare carte false. Soldi facili, fama, donne... Jax ha tutto quello che, agli occhi della maggior parte della gente, significa successo.

A me, però, queste cose non importano granché. Cioè, non fraintendetemi, non sono ipocrita e ammetto che avere una discreta disponibilità economica non mi dispiacerebbe. Ma il resto del pacchetto è effimero, inutile e poco più che un'illusione. La vera felicità risiede altrove e io l'ho trovata nella mia famiglia, nella consapevolezza di poter essere utile a qualcuno e di fare la differenza.

Anche se, a volte, aver dovuto mettere da parte quelli che erano i miei sogni un po' mi pesa. Benché essere qui sia una mia scelta e io non la rimpianga, non è sempre facile. Per questo le parole di LeBlanc riescono a ferirmi.

Certe persone parlano senza riflettere, danno giudizi sulle vite altrui anche se non conoscono le sfumature o i sacrifici che si nascondono dietro alla facciata.

Cosa ne sa quel cretino di me?

La tentazione di cantargliene quattro è quasi irresistibile. Ho giusto un paio di insulti sulla punta della lingua, quando sento il rumore dei passi sulle scale, simile a un piccolo terremoto. Cody si deve essere svegliato a causa delle nostre voci troppo alte.

- Papà - strilla e, senza degnarmi di uno sguardo, mi dribbla per gettarsi verso mio fratello.

L'immagine delle sue braccine tese verso l'alto riesce sempre a commuovermi.

Leo lo solleva senza fatica e lascia che il piccoletto gli si stringa al collo.

Sarebbe un momento di grande tenerezza familiare, se LeBlanc smettesse di guardarmi di sottecchi con quella sua faccia da schiaffi.

- Perché siete vestiti come zio Noah?

È Lewis a porre la domanda. È appena entrato in cucina anche lui, gli occhi ancora mezzi chiusi e l'espressione assonnata, però l'attenzione già rivolta ai dettagli.

- C'è stato un casino con la piscina - spiega Jax, sereno, e non posso fare a meno di notare che con il ragazzino utilizza un tono decisamente diverso da quello strafottente che ha tenuto con me. - Alla fine, per metterci una pezza, siamo finiti tutti fradici e abbiamo dovuto ripiegare su questo abbigliamento: Walker, non si sa perché, aveva nel bagagliaio dell'auto almeno cinque felpe del suo sponsor.

- È uno che non si fa mai trovare impreparato - risponde serafico il maggiore dei miei nipoti, come se fosse del tutto naturale.

- Il problema con la piscina quale è stato? - borbotto, ancora irritata per lo scambio di battute di poco fa. - Era troppo piena di ragazze in bikini ed è strabordata?

- Quello non sarebbe stato un problema, vero, ragazzi?

Jax fa l'occhiolino e allunga la mano per far battere il cinque ai miei nipoti che, con entusiasmo, partecipano alla risata.

Alzo lo sguardo al cielo. Non ce la posso fare.

Mi stringo nella vestaglia che mi sono infilata sopra ai pantaloni del pigiama per scendere in cucina e spero che questa tortura finisca presto.

Potrei sempre defilarmi, ma non mi va di lasciare i bambini da soli in compagnia di quel gorillone.

- Guarda che i miei figli sono piccoli per capire certe cose - interviene Léonard e tiro un sospiro di sollievo. Benché abbia parlato con tono condiscendente e con il sorriso nella voce, sta cercando di arginare la situazione.

- Non è mai troppo presto per apprezzare...

Mio fratello batte le mani, interrompendo il suo amico. - Allora, chi vuole dei pancakes?

Scuoto la testa, perché tremo all'idea di ciò che stava per dire LeBlanc.

- Troglodita - lo apostrofo, mentre gli passo accanto.

Lui accenna un sorriso e nei suoi occhi brilla una luce malandrina. Un bagliore peccaminoso e intenso, così improvviso da farmi provare una fitta all'imboccatura dello stomaco.

Diamine, in questo momento, con la malizia nello sguardo e i capelli scarmigliati, è davvero sexy.

Sembra che sia appena uscito dal letto dopo un round tra le lenzuola. E ha il sorriso di uno che sarebbe capace di riportartici subito di nuovo.

Deglutisco. È triste, ma la parte istintiva di me non fa fatica a comprendere le ragioni che spingono tante ragazze a cadere ai suoi piedi.

Poi lui apre bocca e spezza l'incantesimo.

- Deve essere stancante andare in giro sempre con il mento sollevato a giudicare il mondo, cara Miss Stress.

Sbatto le palpebre, incredula. Quando l'ha partorito questo nomignolo?

- Sempre meglio che comportarsi da eterno adolescente che alterna ormoni da arrapato a scatti d'ira.

Solleva un sopracciglio. Non pare troppo colpito dalla mia ritorsione. Sospetto anzi che i battibecchi con me lo divertano in qualche modo perverso.

Decido perciò di tornare a un discorso neutro, facendo del mio meglio per evitare possibili altre allusioni.

- Quindi qual è stato questo problema con la piscina?

- Ah, no - interviene Léonard, che ha preso in braccio Cody. - Lui è di corvée ai fornelli. Così tu ti riposi e io posso raccontare.

Non sono del tutto certa di potermi fidare. Non solo mi sembra arrischiato far avvicinare LeBlanc al fuoco, ma conosco anche la tendenza di mio fratello a esagerare aneddoti di poco conto fino a trasformarli in epiche conquiste o disavventure.

In ogni caso, pare che io non abbia molta scelta: Jax ha già accettato il grembiule da cuoco che gli stanno tendendo, mentre Leo inizia a parlare. - Insomma, si è trattato di un incidente. Un errore involontario.

- Dovuto al fatto che John White ha il cervello grande quanto una nocciolina.

- Non si giudicano le persone - lo corregge l'altro, con tono paternalistico a uso e consumo dei figli. Poi non riesce a trattenere un sorrisetto. - Però, in effetti, il povero midfielder non è sempre sul pezzo. Comunque, sapete che zio Jax ha una vasca idromassaggio proprio accanto alla piscina, vero?

Non riesco a cancellare dalla mente l'immagine di altre ragazze in bikini, questa volta a mollo tra le bolle con un calice di champagne in mano.

E provo un moto di irritazione.

Diamine, chi se ne frega!

Serro le labbra, decisa a non emettere un fiato in merito. Non ho intenzione di venire di nuovo tacciata di essere una bacchettona.

- Ecco, ricordatevi questa perla di saggezza per il futuro, ragazzi: non bisogna mai utilizzare del bagnoschiuma in un idromassaggio.

- Tanto meno versarcene un'intera confezione, dannazione - rincara LeBlanc, mentre mescola vigorosamente il composto per i pancakes. - Non tollererò più l'odore di Wild Pine per il resto della mia esistenza.

Continuo a non capire. Avranno fatto un casino con il detergente, okay, ma la piscina?

- Comunque la storia non è finita qui - prosegue mio fratello. - La schiuma è finita in piscina.

- Un sacco di schiuma - precisa Jax, mettendo una padella sul fuoco. - Più di quella che immaginate. Era ovunque, come uno di quei blob terrificanti dei film horror che invade tutto e si mangia quello che incontra sulla strada.

- Si, ma non era un mostro vero - Lewis rassicura Cody che ha appena fatto una faccia terrorizzata.

- Certo che no, bambini. A proposito, chi vuole un pancake a forma di mostro?

- Io! Io! - gridano in coro i due.

Lo adorano.

Io lo osservo mentre, con un'abilità che non credevo possedesse, dà forma alle fritteline e intanto continua a raccontare.

- White ha pensato di dare una mano a pulire la piscina.

- E li sono iniziati i guai veri. - Leo scoppia a ridere.

- Ha messo mano ai filtri, ma ha fatto un casino. Siamo sportivi, non manutentori, non abbiamo idea di come funzionino certi affari.

- Sì, be', un po' di senso pratico non guasterebbe in ogni caso, al di là della professione. Giusto per evitare di ficcarsi nei casini. Prendete nota, ragazzi: bisogna imparare a sapersela cavare e, se non si ha la più pallida idea di cosa si sta facendo, meglio chiedere.

Inizio sul serio a essere curiosa a questo punto. - Avete creato la suspence, d'accordo. Ma ancora non ci avete spiegato cosa sia successo nel concreto.

- Invece di ripulire, i filtri hanno iniziato a immettere lo sporco in piscina - taglia corto LeBlanc, impiattando alcuni pancake. - Lo scarico del troppo pieno si è ostruito e l'acqua ha iniziato a tracimare. L'intero piano terra si è allagato e, come se non bastasse, si è riempito di schiuma e di schifo.

Sbatto le palpebre un paio di volte, incapace di trovare un commento adatto. Diamine, la faccenda è decisamente più grave di quello che mi aspettavo.

- Per questo abbiamo le felpe, erano gli unici vestiti asciutti dopo che abbiamo provato a mettere un freno alla situazione - sospira Leo.

- E White è ancora vivo? O lo avete scotennato?

- Non ti preoccupare, per ora è sano e salvo. Solo molto costernato per il casino combinato.

Potrei essere costretta a rimangiare tutto ciò che ho detto su Jax e la gestione della rabbia. Io avrei dato di matto in una situazione simile. Lui, al contrario, pare piuttosto di buon umore, solo un po' frustrato dalla mancanza di intelligenza del compagno di squadra.

È davvero la stessa persona che ieri ha usato il casco per colpire un avversario falloso?

- E quindi, per concludere il nostro racconto, arriva la parte bella. - Leo sembra entusiasta di ciò che stanno per annunciare.

- Bambini – Jax si volta e fa una pausa drammatica. Io tremo nel domandarmi cosa sia sul punto di dire. - Lo zio si ferma qui almeno per una settimana. Forse di più. Dipende da quanto tempo ci vorrà per sistemare tutto il casino che c'è a casa mia.

Lewis e Cody esplodono in urla di trionfo. I due sono all'apice della felicità perché il loro idolo, insieme al papà ovviamente, passerà un sacco di tempo insieme a loro.

Io inizio seriamente a pensare che la mia mente sia prigioniera di un incubo da cui non riesco a svegliarmi.

Chiudo un attimo gli occhi. Quando li riaprirò sarò sveglia anche nella realtà...

Merda. Non funziona.

Non è un brutto sogno, allora.

Avete presente quando nei fumetti succede qualcosa che sconvolge il protagonista e questo si butta a terra con le mani nei capelli urlando verso il cielo? Ecco. È quello che vorrei fare io in questo preciso istante.

- Léonard, dobbiamo parlare.

Mi avvicino a mio fratello con lo sguardo che conosce bene, quello che ho quando sono particolarmente incazzata.

- Dopo colazione? Ho una fame.

- No. Adesso.

Gli voltò le spalle ed esco dalla cucina, sicura che mi seguirà. Infatti, dopo un attimo, eccolo.

- Quando avevi intenzione di dirmi che avremmo avuto ospiti? - sibilo a bassa voce, perché non voglio che i bambini sentano.

- Dai, Cami, è un'emergenza. Non fare così.

Léonard è un tipo affascinante. Non lo dico perché si tratta di mio fratello e quindi gli voglio bene, è proprio vero.

I suoi occhi gentili, di un caldo marrone, riflettono un'anima buona.

Ha capelli castani, leggermente disordinati, che conferiscono un tocco di vivacità al suo volto.

Non ride più quanto un tempo ma, quando lo fa, è davvero un bello spettacolo. Perché il suo sorriso è un riflesso della natura amichevole del suo carattere e del suo animo generoso.

Nonostante l'età inizi a lasciare qualche ruga sul suo viso, questi segni del tempo non stonano, anzi, gli danno personalità. Lasciano intuire le sfide affrontate nel passato, ma anche la sua natura resiliente.

È un guerriero, non poteva finire in nessun'altra squadra se non nei *Gladiators*.

E qui arrivano le note dolenti, perché mio fratello è tutt'uno con lo sport che pratica. Il che lo rende atletico, certo. Il suo corpo riflette anni di impegno e dedizione al Lacrosse. La sua struttura muscolare tonica e definita evidenzia uno stile di vita attivo e la passione con cui si dedica alla sua disciplina preferita.

Però proprio questo sport è una nota dolente tra noi, un punto su cui non siamo mai riusciti a trovare un vero accordo e che ha rischiato di separarci.

Ma non è questo il momento di pensarci. Non sono tornata a Thunder Bay per giudicarlo o per rimarcare le nostre differenze, bensì perché spero che lui riesca a ritrovare il proprio centro. A ricordare di possedere il mix di forza e sensibilità che ho appena descritto e io continuo a scorgere.

Sarebbe grandioso se imparasse a trasformare le esperienze in saggezza e riuscisse a uscire dal guscio in cui si è chiuso per proteggersi dal suo dolore, in modo da poter prendersi cura di coloro che ama.

- Perché non va in albergo? – chiedo, tornando a LeBlanc.

- Tu lasceresti davvero che una delle tue migliori amiche vada in un freddo hotel quando è in difficoltà? O la accoglieresti nel calore della tua comoda casa? Come ti comporteresti, se ad avere bisogno fosse Demi?

Prima che possa rispondere, aggiunge: - E non mentirmi.

È una grossa fregatura che mi conosca così bene. Non sono mai stata brava a fingere e davanti a mio fratello sono addirittura un libro aperto. Mi ha vista nascere e siamo cresciuti insieme, coprendo uno le marachelle dell'altra. Perciò è inutile anche solo che io provi a dire una bugia.

È innegabile che quella di invitare LeBlanc sia l'idea migliore, soprattutto dato che abbiamo a disposizione tantissimo spazio e che la villa dispone di ben tre camere degli ospiti. Ma non riesco a mandarla giù.

- No, non permetterei a una mia amica nei guai di andare in albergo. Però non è la stessa situazione! Se Demeter avesse la casa allagata e io la portassi qui, non darebbe alcun fastidio. Anzi, si mostrerebbe collaborativa e sarebbe simpatica. Puoi onestamente affermare, invece, che il tuo compare non mi metterà in difficoltà tutto il tempo?

Allarga le braccia. - Sta preparando pancakes e scherzando con i bambini! Mi sembra del tutto disposto a integrarsi e a essere gentile. Tu, piuttosto, ti stai comportando in modo scontroso. Non è da te.

- Non sono *scontrosa*. Ma conosco i miei polli. E so che lui non è un'influenza positiva per Lewis e Cody.

Leo fa una faccia... Sembra davvero in difficoltà e vederlo così mi distrugge.

Così la smetto e mi arrendo.

- Okay, hai vinto. Dopotutto è casa tua. Anche io sono ospite, qui.

- Non dire cavolate, Cami. Questa è casa tua.

Mi abbraccia.

E in questo modo vince davvero. Perché ho un debole per le manifestazioni d'affetto e ho bisogno di sentire che questa famiglia è ancora capace di restare in piedi. Di rimanere unita.

Ci siamo detti molte parole dure, negli ultimi due anni, io e mio fratello. Ci siamo scontrati e poi allontanati, solo per tornare più vicini che mai circa sei mesi fa.

Ci eravamo persi. Anzi, a essere più precisi lui aveva perso se stesso. Forse è quello che capita, quando muore la donna che ami...

Ma non è il momento di pensare a ciò che è stato e a come siamo arrivati a questo punto, con me installata in pianta stabile nella camera degli ospiti più grande.

Adesso ci sono questioni più urgenti da sistemare.

Ne ho la certezza quando sento le risatine dei miei nipoti raggiungere un livello troppo alto. Anche loro padre deve pensare che non sia del tutto normale, perché smette di stritolarmi e si dirige a passo svelto verso la cucina.

Cody e Lewis si voltano verso di noi appena superiamo l'ingresso della stanza. Hanno grandi sorrisi e mostrano orgogliosi i piatti pieni di pancakes.

Entrambi hanno dei buffi segni di impasto sul naso e sulle guance.

- Si può sapere cosa è successo? Siamo stati via solo due minuti.

- E noi ne abbiamo approfittato per prepararci alla battaglia - dichiara LeBlanc, che sta servendo nuove frittelle. Quando si volta nella mia direzione, vedo che anche lui si è tracciato sulle guance due linee orizzontali, che riproducono i marchi neri che applica sotto gli occhi prima delle partite. Ufficialmente l'Eye Black serve per ridurre il riverbero del sole o delle luci artificiali degli stadi, in modo da aiutare a vedere meglio la palla in volo. Ma sono convinta che lui lo metta soprattutto per l'effetto scenico: fa molto antico guerriero e manda in visibilio le fan. - Questi sono i nostri segni di guerra, giovane donna - dichiara infatti.

Sto per alzare gli occhi al cielo, quando Léonard mi supera urlando. - Ficooooo.

Intinge l'indice nella ciotola e si traccia anche sul suo viso delle linee di impasto.

Non c'è niente da fare: il cromosoma Y fa sì che i maschi mantengano sempre un'insana passione per la goliardia, qualunque sia la loro età.

Mio malgrado, inizio a sorridere.

È bello vedere i miei nipoti comportarsi da bambini, nonostante tutto. Così bello che abbasso la guardia e non mi accorgo dell'imboscata di Jax finché non mi ritrovo con il polpastrello a un centimetro dalla punta del mio naso.

- Non osare - minaccio, indietreggiando di un passo.

Ma lui mi guarda con aria furba. - Chi non partecipa alla cerimonia del trucco pasticcio non fa parte dei nostri. Vuoi forse essere uno dei nemici?

Cala un attimo di silenzio. Cody incrocia le braccine sul petto.

- Zia, no. Io voglio che anche tu faccia parte della nostra tribù!

Sospiro. LeBlanc ha appena segnato il punto della partita. - E va bene, fai pure - concedo.

Non mi sfugge il ghigno soddisfatto che gli si dipinge sulla faccia, prima che inizi a imbrattarmi di impasto.

JAX

È una strana sensazione condividere la casa con qualcuno. Da quanti anni non mi capitava? Cinque o sei, a occhio e croce. Da quando ho smesso di prendere in subaffitto una topaia al piano seminterrato, praticamente priva di finestre, con altri ragazzi del quartiere.

Appena mi sono potuto permettere un buco tutto per me, non ho esitato a trasferirmi.

Mi piace non avere nessuno intorno quando non ne ho esplicitamente voglia, sono geloso dei miei spazi e apprezzo il silenzio.

Non ho paura della solitudine, ci sono abituato. Non solo perché, come dicevo, non ho coinquilini da tempo. Ma perché anche prima ho sempre dovuto cavarmela da me: mio padre si è dato alla macchia quando ero poco più di un poppante, non ho alcun ricordo di lui. Quanto a mamma, erano più le sere che si fermava fuori rispetto a quelle in cui rincasava presto.

Certo, lavorava parecchio. Non è facile sbarcare il lunario quando si è una single con un marmocchio a carico. Però non si tirava indietro nemmeno se c'era da andare a bere qualcosa, soprattutto quando a offrire era un uomo. In quei casi non si sapeva mai bene a che ora avrebbe fatto ritorno al nostro appartamento. Qualche volta è successo non si facesse proprio vedere fino al giorno seguente.

A essere onesto, forse preferivo quando non c'era. Almeno non continuava a urlarmi contro. E a darmi la colpa della sua infelicità.

Mi aveva istruito bene: non dovevo aprire a nessuno, tanto meno a quell'impicciona della nostra vicina, che avrebbe potuto accorgersi che ero in casa senza la supervisione di un adulto; non mi era permesso avvicinarmi ai fornelli, né accenderli. Se avevo fame, potevo sempre mangiare dei cereali o spalmare del burro di noccioline sul pane. In casa nostra quei generi di prima necessità non mancavano mai.

Insomma, non sono cresciuto certo nella famiglia delle pubblicità, quella in cui i genitori ti rimboccano le coperte dopo aver letto la favola della buonanotte e ti lasciano accesa la luce colorata sul comodino. E, appena ho potuto, ho tagliato la corda anche da mamma.

Pazienza. Essere costretto a badare a me stesso mi ha insegnato tante cose utili.

Mi ha reso ciò che sono e quindi non lo rinnego.

Però ammetto di sentirmi un po' spiazzato. I due teppistelli formato tascabile mi stanno simpatici, ci siamo incontrati tante volte alle grigliate o in altre occasioni. Ma vivere a casa loro è differente. Li ho collocati nella loro vera dimensione, in una quotidianità che non avevo inquadrato.

"Nemmeno il loro nucleo familiare è perfetto. Ti sei dimenticato che gli è morta la mamma?"

La coscienza che ha deciso di rimproverarmi ha lo stesso tono di Miss Stress. Chissà perché, non ne sono sorpreso.

"Non sarà tutto impeccabile, ma almeno ci provano" penso, e reprimo una smorfia.

Stando qui con il mio amico Léonard Bouchard, mi sono reso conto che sta davvero cercando di rimettersi in carreggiata e di fare del suo meglio. Dopo la scomparsa di Juliet, non era scontato.

C'è chi non ha saputo reagire altrettanto bene alle difficoltà. Io per primo.

Diciamo che ho impiegato un tempo decisamente più lungo per darmi una regolata, e che non sono del tutto certo di trovarmi adesso su un terreno sicuro. A volte ho ancora l'impressione di camminare sulle sabbie mobili: basterebbe un passo falso per tornare a essere inghiottito.

- Cosa diavolo credi di fare?

Più che una domanda, si tratta di un'accusa. Il tono infatti non è certo quello di chi intende iniziare una conversazione. Piuttosto quello di una persona decisa a scatenare una guerra.

Non ho ancora finito il mio caffè, quindi non sono pronto a offrire il fianco alle rotture di scatole. Qualunque sia il terribile crimine di cui intende accusarmi la sorellina di Leo, mi tiro fuori. Sono innocente fino a prova contraria e decido di ignorarla.

- Mi hai sentito? - insiste.

"Certo che sì, strilli come una sirena della contraerea. Ma sono un uomo, perciò sono in grado di fingere il contrario tutto il tempo che voglio."

Sogghigno, mentre porto di nuovo alle labbra la tazza con il caldo liquido scuro.

- Ti sembra il caso di andare in giro conciato in quel modo?

Mio malgrado, mi sento incuriosito: è davvero oltraggiata.

Così, senza quasi rendermene conto, abbasso lo sguardo per controllare. Mi sembra tutto regolare, quindi alzo un sopracciglio, perplesso.

La cosa pare farle perdere del tutto il controllo. - Senti, so che sei abituato ad abitare da solo e che al massimo ti capita di fare colazione con la tizia che hai rimorchiato la sera precedente...

- Non per essere pignolo, ma non faccio restare nessuna per la notte.

Mi liquida con un gesto della mano e prosegue imperterrita. - E magari a quel genere di ragazza piace vederti andare in giro così. Ma in questo momento l'ospite sei tu e qui ci vivono dei bambini!

Si ferma, mi fissa nell'evidente attesa che io comprenda la gravità del mio errore e le porga delle scuse.

Ha il respiro un po' affannato, le guance rosse per l'irritazione. Gli occhi verdi brillano e le pupille sono dilatate.

Io mi trovo a pensare che mi piacerebbe portarla ancora più al limite, perché diventa interessante quando perde l'aria perbene.

Scommetto che, con i capelli scarmigliati e senza la solita scopa su per il culo, potrebbe risultare parecchio hot.

Un pensiero inopportuno, dato che è la sorellina del mio amico.

Sarà meglio che smetta di guardare in direzione delle sue tette e mi sbrighi a finire la colazione.

Sto per addentare un pezzo di toast, quando mi accorgo che lei non ha nessuna intenzione di mollare il colpo. Ha addirittura appoggiato i pugni sui fianchi.

Dato che non ho fatto proprio niente di male, sostengo la sua occhiataccia senza fiatare e rispondo alla provocazione con un linguaggio del corpo altrettanto strafottente. Allargo le gambe e appoggio le mani aperte sulle cosce.

Il gesto la spinge ad abbassare lo sguardo. Molto bene.

Solo che... Sta arrossendo.

E non per la rabbia, come prima, ma in una maniera da brava ragazza ormai decisamente fuori moda.

- Ti stai divertendo? - mi chiede.

La verità? Sì.

Divarico di più le gambe e ottengo proprio l'effetto sperato: ormai lei non sa più dove guardare.

Davvero non riesco a credere che stia succedendo sul serio.

Insomma, ho capito cosa la turba. Sono sceso a fare colazione in accappatoio, come faccio sempre, d'altronde. Sono un tipo abitudinario. Mi sveglio presto, faccio una corsetta in tenuta da jogging e poi mi concedo una lunga doccia. Infine, mi rilasso davanti a un caffè con tutto il necessario per affrontare la giornata.

Solo dopo mi vesto.

Però, dai, Miss Stress non è una ragazzina. È una giovane donna che avrà fatto le sue esperienze. Per un po' è stata anche in Alberta per l'università, non credo proprio che non abbia mai visto un maschio non del tutto vestito.

A meno che...

- Sei una di quelle che hanno giurato sulla Bibbia di non perdere la verginità fino al matrimonio?

Non intendevo essere provocatorio, volevo soltanto capire. Per questo non credo di meritare la sua reazione: afferra il rotolo di carta casa e me lo tira contro.

Si è scordata di avere a che fare con uno sportivo? Afferro la scottex senza fatica. - Se è tua intenzione ferire qualcuno, dovresti usare un oggetto contundente.

- Mi stai suggerendo un casco sui denti? Non sono il tipo di persona che arriva a tanto.

Ha toccato un tasto dolente. Il mio manager non è stato per niente comprensivo riguardo al mio exploit in campo dell'altro giorno. Gli sponsor non sembrano entusiasti e non è ancora stabilito se il fallo avrà delle conseguenze sulla stagione che deve iniziare tra un paio di mesi.

La voglia di scherzare mi è passata. I pensieri bui iniziano di nuovo ad affiorare ai lati del mio cervello, strisciano per farsi spazio.

Fanculo, ha sbagliato a provocarmi, la santarellina. Perché adesso anche io inizierò a giocare pesante.

Allungo una gamba con aria disinvolta. L'accappatoio si apre di più e vedo lo sguardo di Camille saettare in direzione della mia coscia.

So che si sta chiedendo se indosso i parigamba oppure no. Posso quasi sentire i meccanismi del suo cervello che vanno in crash per la lotta tra l'imbarazzo e la curiosità. Perché una parte di lei vorrebbe guardare. Ah, sicuro.

Le andrebbe di sapere se sono nudo del tutto, sotto la poco efficace barriera dell'accappatoio, o se ho per lo meno avuto la decenza di indossare l'intimo. E, forse, le piacerebbe anche scoprire se è vero ciò che dicono in giro di me le donne: che sono uno stronzo, ma decisamente dotato.

La vedo trattenere il fiato, lottare contro l'istinto. Quindi scuotere la testa, rassegnata.

- Sei senza speranze.

- In realtà stavo giusto sperando che tu la smettessi di insultarmi e ti unissi a me per la colazione. Dopotutto sei in cucina per questo, no? Hai preparato i ragazzini per la scuola e non hai ancora mangiato.

Esita. Non capisco perché sia così ostinatamente contraria alla mia esistenza. Insomma, non sono uno stinco di santo, ma neppure un serial killer. Quando ho provato a chiederglielo - qualche mese fa, dopo che era appena tornata dall'università per stabilirsi in casa del mio amico - si è limitata a rispondere che non si fida dei giocatori di Lacrosse. Il che è razzista e un tantino radicale, oltre che assurdo, dato che suo fratello fa parte della categoria e io so per certo che lo adora.

L'idea che mi sono fatto, quindi, è che una motivazione reale nemmeno ci sia.

Mi odia per partito preso. A priori.

Com'è che si diceva una volta? Che le bambine a cui tiriamo le trecce sono quelle che ci piacciono?

Ecco, anche se non mi sento proprio in linea con l'esempio, io credo che Camille non riesca a fare a meno di tirarmi i capelli.

È costretta a rimarcare in continuazione i miei difetti per ricordarli a se stessa. Perché, se per un attimo smettesse di farlo e si concedesse di trovarmi gradevole, dovrebbe ammettere molte cose.

Un ragionamento lineare. Narcisista? Forse.

Non è che io creda che non possa esistere una tipa in grado di trovarmi sgradevole. Nessuno piace a tutti.

Ma, nel caso specifico, sento di non sbagliare.

Miss Stress nasconde qualcosa.

Se fosse un'altra ragazza, non ci penserei due volte a tagliare la testa al toro e a sperimentare questa teoria.

La farei sdraiare su questo tavolo e la fotterei come si deve. A lungo, esplorando ogni centimetro della sua pelle, bevendo i suoi gemiti.

Sarebbe un piacere perverso farla godere come non le è mai successo, portarla al limite. Costringerla ad ammettere che mi ha sempre voluto e che sono stato la miglior scopata della sua vita.

Ma è la sorellina di Leo, quindi no. Non succederà.

Mi ritrovo a stringere le cosce, perché di colpo il fatto di essere solo in accappatoio è diventato imbarazzante per me.

La fantasia di annientare le resistenze di Miss Stress mi ha fatto diventare duro come il marmo.

Cazzo, devo essere impazzito. Non solo lei è terreno proibito, in quanto parente di un caro amico. Ma, diavolo, è anche una stronza.

Perché va bene la storia di tirare le trecce, però c'è un limite. E lei se ne frega. So per certo che non è entusiasta del fatto che suo fratello mi stia ospitando e che ha fatto del suo meglio per convincerlo a mandarmi in albergo.

Ovviamente potrei prendere una suite ovunque e senza problemi, ma perché? A me piace stare qui. Bouchard è un tipo a posto, mi sta simpatico e andiamo molto d'accordo. Perfino avere tra i piedi i nanetti è un diversivo interessante.

Come ho detto, non sono troppo abituato a passare del tempo in famiglia e non ho intenzione di farmi privare di questa occasione da una ragazzina viziata pronta a pestare i piedi senza motivo.

Nel frattempo, Camille pare aver finalmente preso una decisione. La osservo mentre si porta una ciocca di capelli color miele dietro un orecchio e inizia ad avvicinarsi al tavolo.

La mia coscia vibra. E no, l'eccitazione non c'entra. Si tratta solo del cellulare che mi sono infilato in tasca e che ha ricevuto un messaggio.

Lo afferro in automatico e sblocco la tastiera. Il numero del mittente non è tra quelli in rubrica, ma non perché io non sappia a chi appartiene. Semplicemente ho preferito evitare di salvare il contatto, come se questo bastasse a tenerlo lontano.

Perché non uso la funzione blocca? A essere del tutto sincero, non ne ho idea.

Forse una parte di me sa che sarebbe un gesto davvero scorretto.

Ripete che avrei potuto esserci io, dall'altra parte. Che, se non avessi avuto il culo di mostrare del talento per il Lacrosse, mi sarei trovato negli stessi casini.

> Porca troia, vuoi rispondere?

La nostra chat, in effetti, è composta solo dalle sue richieste. Non mostra alcun mio messaggio da un pezzo.

Una nuova vibrazione.

> Se non vieni domani sera fuori da *Tod's*, giuro che vado ai giornali.

Stringo la mascella.

Ogni traccia di empatia è scomparsa dal mio cervello. Con un gesto irritato spengo il display e infilo di nuovo in tasca lo smartphone.

Non ho intenzione di dargli soddisfazione. Non resterò on-line, e di certo non ho voglia di rispondere.

- Tutto okay?

La voce di Camille mi fa quasi sobbalzare, nonostante il tono sia insolitamente gentile.

È chiaro che ha letto sulla mia faccia un indizio del fastidio che provo. Come è palese che non siamo abbastanza in confidenza per parlarne in maniera diretta e aperta.

“Non bisogna mai raccontare i fatti propri. Svelare un segreto a qualcuno significa mettergli in mano un coltello che potrà infilarti nella schiena” diceva sempre mia madre. Che era una cinica stronza, ma era saggia a modo suo.

Di sicuro non è il caso di condividere la mia vita con una come Miss Stress, che mi detesta, quindi mi dipingo in volto il mio solito sorriso da schiaffi. - Ovvio, tutto benissimo. Mi sono solo ricordato che devo andare.

Sulla sua faccia compare un'espressione delusa che mi sorprende. Insomma, ha esitato fino allo sfinimento, come se io fossi un appestato, e di colpo ha il coraggio di apparire contrariata, neanche le avessi dato buca al primo appuntamento.

Potrei pensare che sia proprio vero quello che si dice: che non capiamo di volere qualcosa fino a quando non è troppo tardi. Ma non sono così poetico e mi limito a constatare che sono problemi suoi.

Io devo già badare ai miei, che non sono né pochi né lievi.

Mi alzo e, tanto per confonderla ancora di più, faccio in modo che i lembi dell'accappatoio si spostino un po' troppo.

“Dai una sbirciatina e sogna” penso, mentre mi concedo di sogghignare.

I messaggi ricevuti mi hanno fatto salire in gola un sapore di bile. Addolcirlo prendendomi di nuovo gioco di Camille mi sembra una buona idea. Una perfetta valvola di sfogo per evitare di lasciare vincere il mio umor nero.

- Dove?

La domanda mi blocca mentre già sto per avviarmi.

- Cosa?

- Dove ti sei ricordato di dover andare?

Sollevo un sopracciglio. - Non eri tu quella che chiedeva maggior privacy giusto un attimo fa?

Stringe le labbra in una linea che non promette niente di buono. Scommetto che sta cercando la frase giusta per rimettermi al mio posto. Ma non ho intenzione di aspettare che la trovi: non sono dell'umore per proseguire questo gioco. Per oggi posso fare a meno del grillo parlante che mi fa la morale.

- È più prudente che io mi tenga i miei segreti, cara Miss Stress. Potresti restare sconvolta dal mio torbido passato.

E, nonostante lo abbia detto per provocarla, avverto di nuovo il sapore acre risalire in gola. Perché c'è troppa verità in questo scherzo e, più che lei, sto ferendo me stesso.

Meglio tagliare la corda in fretta e mettermi a pensare ad altro.

Devo distrarmi. Evitare di cadere nel pozzo dei miei pensieri.

Esco dalla cucina a passo di carica. Stringo i pugni.

Sì, distrarmi. Trovare una donna, fare casino o infilarmi in una rissa. Sfiancarmi con gli allenamenti.

È un metodo che ha sempre funzionato. Mi riporta in carreggiata, mi rimette in quadro.

Almeno per un po'.

CAMILLE

È proprio uno stronzo.

Cioè, non che questa sia una sorpresa o che non lo sapessi, ma il modo in cui si è comportato ne è la conferma. Per quale dannata ragione ha voluto invitarmi a fare colazione con lui, se poi aveva fretta di andarsene?

Voleva solo vedere se avrei ceduto? Dimostrare che non ce l'ho veramente con lui e che, sotto sotto, neppure io posso resistere al suo proverbiale fascino?

La verità è che avrei ceduto. Mi sarei seduta a fare colazione con lui e avrei cercato con tutte le mie forze di non pensare all'accappatoio aperto.

Perché è un cretino, questo sì. Ma è anche un gran figo.

Addento un pezzo di toast, decisa a sfogare in qualche modo la mia irritazione. Ma, invece di calmarmi, finisco con l'incazzarmi ancora di più. Si può sapere cosa mi prende? Sono più intelligente di così! Non sono una di quelle che sbavano dietro a un paio di spalle larghe o vanno in visibilio di fronte a muscoli definiti. Insomma, avrei voluto laurearmi in psicologia perché per me le persone vanno valutate in profondità, non certo in base all'aspetto fisico.

Per quale dannata ragione allora mi ha scombussolato tanto trovarmi di fronte LeBlanc mezzo nudo?

Potrei rispondere che mi ha colta di sorpresa, alla sprovvista, e mi ha messa in imbarazzo.

Sarebbe anche vero, in parte. Ma sono fin troppo consapevole che si tratti solo della punta dell'iceberg e non di tutta la verità.

Lascio cadere il toast mezzo smangiucchiato nel piattino e sbuffo, infastidita. Ho bisogno di carboidrati seri, non di questa roba. Devo consolarmi con generi di conforto adeguati.

Ed esiste un unico posto in cui li posso trovare, accompagnati per di più da un volto amico e sorridente.

Tra l'altro da quando sono tornata qui non sono ancora riuscita a fare una chiacchierata come si deve con la mia amica Demeter. La casa, i bambini, mio fratello... mi hanno assorbita completamente e non ho avuto il tempo di ritagliare uno spazio che fosse solo per me stessa.

Forse in realtà non ho voluto e mi sto raccontando delle scuse. La verità è che le voglio un bene dell'anima, ma siamo totalmente diverse. Io sono scappata da qui non appena ho potuto per iscrivermi all'università. Lei invece non abbandonerebbe mai, nemmeno se la pagassero profumatamente, la sua città. E l'essere tornata, anche se in maniera temporanea e con delle valide ragioni, temo che le farà dire: vedi che in fondo qui si sta meglio?

Non fraintendetemi, Demi non è una che giudica. Anzi, se devo essere sincera, ha appoggiato la mia scelta e mi ha sempre incoraggiata a fare ciò che consideravo meglio per me.

Quindi basta menate e paranoie e via a una sana scorpacciata di carboidrati.

Perché, come dico sempre, non sono i diamanti i best friends di una ragazza.

Esco in fretta, dopo essermi legata i capelli in una coda alta.

Salgo a bordo del mio fidato SUV, perfetto per affrontare le sfide delle strade di Thunder Bay anche in inverno, e mi dirigo verso il centro.

C'è sempre un'atmosfera allegra da queste parti. Sembra quasi di stare in uno di quei telefilm dove tutti sono felici e ogni problema si può risolvere.

È anche questo uno dei motivi che mi ha fatto scappare.

No, non è perché da aspirante psicologa avrei preferito vivere in una metropoli pullulante di disagio. È solo che non mi sentivo in sintonia con la gente di qui e, a un certo punto, mi sono stancata di essere una Outsider. Ho pensato che, magari, trasferendomi in un altro posto mi sarei sentita più inserita, meno sola.

Per un po' è stato così. Trovavo stimolante l'ambiente dell'Università e adoravo la vita a Edmonton, in Alberta.

Forse, però, con il tempo le cose sarebbero cambiate. Magari avrei persino iniziato a sentire nostalgia di casa, dei suoi ritmi più rilassati e delle facce conosciute.

Non lo sapremo mai, giusto?

La vita ha deciso diversamente ed è inutile rimuginarci sopra.

Avevo dimenticato quanto mi piacesse guidare attraverso le strade di Thunder Bay. L'aspetto robusto e solido del suv si fonde armoniosamente con la natura selvaggia che avvolge la cittadina canadese.

La vernice scura e lucente riflette la luce del sole, dando all'auto un'aura di eleganza e raffinatezza. Le linee aerodinamiche accentuano la presenza sulla strada, e gli pneumatici con battistrada profondo assicurano la trazione necessaria per affrontare le strade, che qui a volte possono essere scivolose e accidentate.

Mi sento protetta dall'abitacolo spazioso. E poi, cavoli, è davvero comodo. Sedili avvolgenti con sostegno ergonomico, ampio spazio per le gambe e un bagagliaio enorme. Okay, sembro il venditore da cui l'ho acquistato. Ma aveva ragione e ho fatto bene a lasciarmi convincere. Mi è costato un occhio della testa, ma è valso ogni dollaro.

Ha persino un sistema di infotainment all'avanguardia che è diventato il mio fedele compagno di viaggio. Posso ascoltare la mia musica preferita, seguire le indicazioni stradali e rimanere connessa al mondo esterno grazie al Wi-Fi integrato. Insomma, moderno ma affidabile e, come direbbe il miglior spot tv, il mio SUV mi fa sentire pronta ad affrontare qualsiasi avventura che la strada mi riservi.

E ho proprio bisogno di un'iniezione di sicurezza, oggi, dopo l'incontro appena sveglia con il dannato attaccante dei *Gladiators*.

Mentre guido verso il *Croissant Cove*, il fastidioso pensiero di Jax si insinua di nuovo nella mia mente.

L'amico di mio fratello è indubbiamente affascinante. Atletico, spalle ampie e un sorriso da canaglia che riesce sempre a catturare l'attenzione di chiunque. I suoi occhi, con quel taglio particolare che li distingue da tutti gli altri, sembrano nascondere segreti che, in qualche maniera, mi intrigano.

Eppure è uno da cui tenersi il più possibile alla larga. Un emerito stronzo.

Nonostante il fascino esteriore, ha davvero un carattere di merda. Le sue azioni e il suo atteggiamento rivelano un lato egoista e poco empatico. Non ha rispetto verso gli altri e le sue scelte sembrano essere guidate solamente dall'egoismo, cosa che è risultata fin troppo evidente poco fa. Ha ricevuto un messaggio da chissà chi e mi ha scaricata senza nessun tipo di esitazione.

Quindi basta pensare a lui.

Solo che non ce la faccio: continuo a domandarmi chi fosse al cellulare. Cioè, quale impegno può aver avuto, così all'improvviso?

Un momento prima se ne stava lì, in accappatoio e con le gambe divaricate neanche fosse il re del mondo, pronto a fare il galante. Quello dopo era di nuovo scostante e freddo.

Per fortuna le mie elucubrazioni vengono interrotte dal fatto che sono arrivata. Parcheggio.

Eccola lì. La pittoresca caffetteria si trova proprio nel cuore di Thunder Bay. La sua facciata di un caldo color crema, dipinta con finestre a vetro colorate, riflette la luce del sole, illuminando l'ambiente circostante.

All'interno, un'atmosfera accogliente e invitante mi avvolge all'istante. Le pareti in legno scuro si combinano armoniosamente con il soffitto di travi a vista, dando al tutto un'aria rustica e calda.

L'aroma di caffè appena macinato permea l'aria. Mi invade in maniera deliziosa le narici e lo spirito, mescolandosi con l'odore dolce dei croissant appena sfornati.

Luci soffuse e scaffali pieni di libri invitano i clienti a rilassarsi e a immergersi nella lettura. Sedie e tavoli sono disposti con cura, offrono uno spazio ideale per rilassarsi e gustare le prelibatezze del luogo.

Demeter è la proprietaria e l'anima del *Croissant Cove*. La vedo subito mentre si muove con grazia dietro il bancone, accogliendo i clienti con un sorriso contagioso. Indossa un grembiule colorato e ha sempre una parola gentile per tutti coloro che entrano nel suo piccolo rifugio.

Un tripudio di dolci e prelibatezze fanno bella mostra su alzatine ed espositori, una tentazione a cui è impossibile resistere. Le brioches, con la loro croccantezza dorata, occupano uno spazio d'onore, mentre torte e pasticcini colorati invitano a essere assaporati.

Sin dal momento in cui ha aperto i battenti, la gente di Thunder Bay si riunisce alla caffetteria per i più svariati motivi. Qualcuno si rifugia qui per usare il Wi-Fi e svolgere le proprie attività lavorative con tablet e portatili. Altri si incontrano per scambiare chiacchiere e notizie, creando un senso di comunità e di appartenenza. I turisti e i visitatori, invece, si lasciano rapire incuriositi dall'atmosfera e dall'esperienza gastronomica.

In questo piccolo angolo di paradiso, Demeter si distingue per la sua passione e dedizione. Il *Croissant Cove* è molto più di una semplice caffetteria: è un luogo in cui i sogni assumono una forma concreta, le pagine dei libri prendono vita e le persone si uniscono nel conforto dei dolci.

Non dovrebbe stupirmi troppo. La mia amica è una forza della natura. Fin da quando eravamo a scuola, è sempre stata allegra e spontanea e in questo posto ha davvero trovato la propria dimensione. Incarna l'essenza stessa della caffetteria.

I suoi capelli neri, lunghi e ricci, danzano con leggerezza intorno al viso, aggiungendo un tocco di fascino e mistero alla sua figura.

I vestiti riflettono la sua personalità unica. Spesso, Demeter indossa abiti che richiamano il passato, perché ama l'eleganza vintage che evoca un senso di nostalgia e romanticismo. Lunghe gonne svolazzanti, impreziosite da stampe floreali o motivi psichedelici, le conferiscono un'aria da figlia dei fiori, come se fosse nata in un'epoca diversa.

Una simile scelta di indumenti è espressione della sua individualità e della sua anima libera. Ogni vestito è curato nei minimi dettagli, con accenti retrò come bottoni in stile antico o pizzi delicati.

Demi ama combinare questi abiti vintage con accessori unici, come cinture larghe in pelle intrecciata o braccialetti colorati che tintinnano al polso.

La sua energia positiva e il suo stile vivace catturano l'attenzione di chiunque entri nel *Croissant Cove*: ha la capacità di far sentire gli altri a proprio agio.

Insomma, avete capito: è una persona che ama la vita e mette cuore e anima in ciò che fa, incantando tutti con la sua personalità solare e autentica.

- Ehi, allora è proprio vero - esordisce, mentre mi squadra e appoggia le mani sui fianchi. - Chi non muore si rivede.

Mio malgrado, ricambio il sorriso. - Dov'è finita la tua proverbiale gentilezza? Ti sembra il modo di dare il benvenuto a una tua amica?

- Mi sembra la maniera giusta di salutare la mia *partner in crime* di tutte le marachelle dall'asilo fino alle superiori, che poi mi ha mollata qui per andare in Alberta e, dopo essere tornata, ha trovato sì e no il modo di passare un paio di volte da casa mia per farmi un saluto.

C'è del vero nel suo rimprovero, quindi evito di replicare e mi fingo estremamente interessata ai dolci esposti.

- Sul serio, Camille, pensavo che sarei stata costretta a mandarti un invito scritto per rivederti qui al *Cove*.

- Sarebbe stato sufficiente che mi ricordassi il profumo paradisiaco che permea questo posto. Mi sarei sentita attratta come i bambini dalla musica del pifferaio di Hamelin.

- Stai cercando di rigirare la faccenda a tuo vantaggio, l'ho capito.

È vero. Sono brava con le parole di solito. Ma lei mi capisce sempre al volo, anche se è passato un po' dall'ultima volta in cui ci siamo viste.

- Quale vuoi? Scegli, te lo porto al tavolo e mi siedo con te. Così mi spieghi perché mi stavi evitando.

Resto parecchio tempo preda dell'indecisione, un po' perché cerco un modo di ritardare il nostro confronto, un po' perché davvero non so per quale meraviglia optare. Mi sembra quasi di fare un torto alle specialità della casa, non assaggiando tutto.

Alla fine riesco a scegliere: prendo una fetta di strudel caldo e un croissant integrale ai frutti di bosco.

- Ottima decisione, sei riuscita a conciliare gusto e benessere - commenta Demi soddisfatta.

Non sono del tutto certa che i dolci siano salutari solo perché contengono della frutta e della farina non raffinata, ma evito di commentare. Anche perché, in effetti, si tratta di prodotti genuini e non di quelle porcherie industriali che cerco sempre di far sparire dalla dieta dei miei nipotini.

Anzi, a tal proposito.

- Mi potresti confezionare un paio di brioches da portare a casa per Cody e Lewis?

Il volto della mia amica si illumina. - Ora sì che si ragiona. Li stai crescendo nel modo giusto.

- Faccio del mio meglio. Ma è dura. Poi hanno questa cosa del Lacrosse sempre in testa. Non mi va proprio giù.

- Non mi sorprende. Anche Leo ha iniziato da piccolo, no?

- Già - faccio una pausa, mentre lei prepara i dolci e impacchetta con cura le brioches. - Ma in fondo speravo che si appassionassero a qualcosa di meno fisico e violento, tipo gli insetti o il disegno. Chiedo troppo?

Mi siedo a un tavolo d'angolo, in cerca di privacy per poter chiacchierare.

Mentre aspetto che Demeter si liberi e mi raggiunga, addento la fetta di strudel caldo. Il profumo avvolge immediatamente i miei sensi. È appena uscito dal forno, la pasta sfoglia è dorata e croccante, delicatamente stratificata con uno strato di mele dolci e succose. La frutta è abbondante, tagliata a fette sottili e mescolata con cannella e zucchero, cosa che crea un mix di dolcezza e speziatura. La fetta è generosamente spolverata di zucchero a velo, che si posa come una leggera nevicata sulla superficie invitante.

Già dal primo morso, la sfoglia si sbriciola sotto i miei denti, rivelando un ripieno tiepido e morbido, di una dolcezza irresistibile, che si fonde con un delicato tocco di cannella. Un perfetto connubio di croccantezza e morbidezza. Il gusto, poi, è una coccola di comfort e delizia.

Mi perdo a osservare gli altri clienti, fantasticando come al solito sulle loro vite, finché la mia amica mi raggiunge portando un alto bicchiere di vetro. Resto perplessa: contiene uno strano liquido violetto.

- Ho pensato di aggiungere un tocco di magia alla nostra giornata. Mi sembrava d'obbligo, dato che non ci vediamo da tempo.

Mi irrigidisco. So già dove vuole andare a parare. Demeter, oltre ad essere una bravissima pasticciera, è anche appassionata di tarocchi, rune e altri strumenti di divinazione. Ha una passione segreta per l'astrologia e, tra un impasto e una glassa, si ritaglia dei momenti per dedicarsi alla lettura delle carte e offrire consigli motivazionali ai clienti più affezionati.

Non è che pretenda di prevedere il futuro, questo no. Però offre un quadro della situazione emotiva del momento e spesso riesce a chiarire le idee delle persone sulle decisioni che devono prendere.

Ero scettica, all'inizio, ma devo ammettere che è brava ad aiutare gli altri e a spingerli a inseguire i loro sogni.

- Intendevo solo dire che ti sto offrendo una novità del locale - scoppia a ridere, vedendo la mia espressione. - Non vuoi provare il mio latte alla lavanda?

Ah, quindi niente di esoterico o mistico, solo concrete sensazioni culinarie. Mi rilasso e decido di assaggiarlo.

Un delicato colore viola si staglia sul bianco della schiuma. L'aroma floreale si diffonde nell'aria. Porto la tazza alle labbra e sento il calore avvolgermi. Il primo sorso mi regala una sensazione morbida e vellutata, con un sapore leggermente dolce. Il profumo riconoscibile dei fiori si fonde delicatamente con il latte, creando una combinazione piacevole e sorprendente.

- Oh, Demeter, è delizioso! - esclamo con un sorriso di approvazione. - È rilassante e allo stesso tempo rinfrescante. Mi piace un botto!

Lei esulta senza darlo troppo a vedere, felice di avermi offerto qualcosa di nuovo. - Sono contenta che ti piaccia, Camille. Sai che adoro sperimentare nuovi gusti e sapori, e la lavanda è stata una scoperta fantastica. La natura ci offre davvero tutto ciò di cui abbiamo bisogno: le erbe hanno mille proprietà e sto facendo dei corsi per scoprirle tutte.

- Vuoi diventare anche erborista?

- No, ma avere un approccio olistico è fondamentale per me, lo sai. – Quindi mi scruta con i profondi occhi scuri e capisco che è finito il tempo dei convenevoli. - Ma, tornando a te, cosa mi dicevi dei bambini?

Sospiro. Da dove posso cominciare? Non è certo facile descrivere la situazione in cui si barcamena la nostra famiglia. A volte non riesco ad avere un quadro preciso neanche io.

- Non voglio essere pesante e con loro non ho ancora affrontato il discorso, ma sono un po' preoccupata. Come sai, mio fratello non è stato molto presente dopo la morte di Juliet, incapace di venire a patti con quello che era successo. E i ragazzi hanno sviluppato strategie opposte per andare avanti: Cody reagisce a qualsiasi provocazione in maniera eccessiva, mentre Lewis si chiude in sé stesso e finge indifferenza. Ma so che sta male e il fatto che non lo esprima... - Scuoto la testa.

Demi allunga una mano a prendere la mia, comprensiva. – Dai loro tempo.

- Lo faccio! – ribatto. – Il punto è che l'unica cosa che sembra unire entrambi e Leo è il Lacrosse, ma qui arrivano nuovi problemi. Non so se hai visto la partita...

- Certo! Non mi perdo mai una sfida dei *Gladiators*.

- Be', non è stato certo uno spettacolo edificante. Non riesco a tollerare che i ragazzi pensino che la violenza sia l'unica risposta ai problemi della vita.

- Ma, Camille, lo sport è l'ideale per incanalare l'energia in eccesso - mi corregge Demi, mentre inizia a sorseggiare il latte violetto. - Senza contare che il Lacrosse insegna a fare gioco di squadra, a capire che non tutto il mondo gira intorno a te. È un gioco veloce, fisico e pieno di adrenalina. Ma ciò che lo rende davvero speciale è il senso di appartenenza e di unità che riesce a creare all'interno di un team.

Non sono convinta e sul mio viso si dipinge evidentemente un'espressione dubbiosa, che la spinge a insistere.

- Con il Lacrosse impari l'importanza di lavorare insieme per raggiungere un obiettivo comune. Ti accorgi che il tuo successo dipende anche da quello dei tuoi compagni. Ecco perché lo spirito di squadra è così fondamentale.

Mi viene il dubbio che stia cercando di trasmettermi un messaggio più ampio. E forse non ha torto. Dopotutto è quello che mi sto sforzando di insegnare ai miei nipoti: l'importanza di collaborare e di sostenersi a vicenda nella vita di tutti i giorni.

Infatti lei, quasi seguendo l'ordine dei miei pensieri, conclude fiera: - Quando ci supportiamo a vicenda e lavoriamo insieme, siamo in grado di superare qualsiasi sfida che la vita ci presenta. È attraverso la connessione e il sostegno reciproco che possiamo davvero realizzare i nostri sogni.

Sto giusto pensando che anche la mia amica mostri abilità nel campo della psicologia - è così empatica eppure logica! - quando la vedo estrarre dalla tasca del grembiule colorato un mazzo di tarocchi.

"Okay, forse logica non tanto" penso.

Sospiro e la guardo mentre mischia le carte con grazia e abilità, creando un'aura di mistero e aspettativa intorno a noi. Il profumo avvolgente della lavanda si mescola con il dolce aroma dei croissant appena sfornati.

Demi posa il mazzo di carte sul tavolo e il suo sguardo penetrante sembra scrutare oltre.

- Concentrati su una domanda o su un aspetto della vita che desideri esplorare.

Prendo un sorso del mio latte violetto e la assecondo. Non posso alzarmi e scappare via, quindi mi tocca fare buon viso a cattivo gioco.

Ha un mazzo di carte dal design affascinante e ricco di simbolismo, una combinazione di tradizione e originalità, con immagini che catturano l'occhio e l'immaginazione.

Ogni arcano è un'opera d'arte a sé stante, con colori vibranti e motivi intricati. I simboli che l'adornano sono un mix di tradizione e di intuizione personale.

- I tarocchi sono uno specchio dell'anima, un ponte tra il conscio e subconscio. Attraverso di essi, riusciamo a cogliere le energie e le influenze che ci circondano, rivelando le possibilità e le sfide che possono trovarsi sulla nostra strada. Le carte rappresentano una guida, un modo per esplorare il passato, comprendere il presente e affacciarsi al futuro.

- Ci credi davvero?

La mia anima razionale lotta da sempre con la sua, spirituale e onirica.

- Tu no? O semplicemente non vuoi ammettere che l'inconscio possa affacciarsi sul mondo tangibile?

- Non credo che l'universo trami per dare delle risposte alle nostre piccole ansie quotidiane.

- Non esistono piccole ansie, ognuno vive nel suo mondo interiore e ha le proprie sfide. Non vanno sminuite, né minimizzate, solo capite. - Mi sorride. - Ogni carta ha un significato specifico, io mi limito a interpretarla usando l'intuizione. Offro solo una visione più profonda delle situazioni, invitando le persone a esplorare le profondità della propria anima. Non sono io a dire alla gente cosa deve fare e neppure le carte! - Mi rivolge un'occhiata intensa. - Il futuro non è scritto e immutabile, dipende dalle nostre scelte. Solo che, attraverso la lettura, possiamo avere un quadro d'insieme utile a chiarirci le idee.

Mi arrendo. Tanto non c'è modo di farla desistere e, in ogni caso, una dritta da parte dell'universo non mi farebbe male. Sono così confusa, al momento, che avrei davvero bisogno di un'indicazione.

Mi invita gentilmente a porgere le mie mani aperte sul tavolo. Il suo sguardo sereno mi trasmette un senso di fiducia mentre prepara il mazzo di tarocchi. Con un movimento fluido, estrae tre carte e le dispone di fronte a me. Osservo con attenzione i simboli e le immagini che emergono, cercando di intuire il significato che si cela dietro di esse.

Di colpo, inizio ad avvertire una certa inquietudine, mentre lei inizia a spiegare. - Camille, questa prima carta rappresenta l'appeso. È un segno che forse stai cercando di tenere tutto sotto controllo, di avere le risposte per ogni situazione. - Fa una pausa, in modo che io possa assimilare il concetto. - Ma la vita non è sempre così lineare e, a volte, dobbiamo soltanto permettere alle cose di fluire in maniera naturale.

Riconosco che, in alcune occasioni, mi lascio sopraffare dalla necessità di dominare ogni aspetto della mia vita, dimenticando di godermi il momento presente. Ma come posso lasciarmi andare ed essere spontanea, quando c'è tanto in gioco? Quando tutti gli altri intorno a me si comportano in maniera irresponsabile?

Sono tornata a Thunder Bay proprio per mettere un freno all'eccessiva sregolatezza che caratterizzava la vita di Cody e Lewis. Diamine, c'è già mio fratello a comportarsi da ragazzino, a fare con loro la parte del poliziotto buono. Io devo per forza fargli da contraltare, essere quella che mette dei limiti.

Ho rinunciato a troppo per essere rilassata e "lasciare che le cose semplicemente fluiscano". Possibile che Demi non lo capisca? Che mi giudichi solo perché cerco di evitare che la mia famiglia deragli in maniera definitiva?

La seconda carta che pone davanti a me è un altro Arcano Maggiore: la Temperanza. I suoi colori vibranti e i simboli intricati mi fanno riflettere.

- Il consiglio qui espresso è quello di trovare un equilibrio tra il lato divertente e spensierato della vita e quello serio e impegnato. Puoi essere una brava zia anche se ogni tanto ti dedichi a te e a ciò che ti fa sorridere. Devi abbracciare i momenti di gioia e leggerezza mentre continui a perseguire i tuoi obiettivi.

Be', questione risolta. Stavolta sarò io a metterla alle strette. - Infatti sono qui, no? A bere con te latte alla lavanda e a farmi dare consigli in cui non credo.

Mi ignora ed estrae una terza carta.

- Oh, una delle mie preferite! - I suoi occhi scuri brillano di entusiasmo. - Il Matto ti invita a liberarti dalle aspettative esterne e dalle catene che ti imprigionano. È il momento di abbracciare la tua autenticità e di permettere a te stessa di essere chi sei veramente. Trova il coraggio di seguire il tuo cuore e i tuoi sogni, senza paura del giudizio o delle aspettative degli altri.

"Facile parlare così, quando su di te non pesano certe responsabilità" penso, mentre mi mordo un labbro. Non posso dirlo ad alta voce, sarei davvero stronza perché so che, a modo suo, Demi sta cercando di aiutarmi. È dalla mia parte e mi vuole bene. Solo che, semplicemente, non può capire.

Non sono libera di essere ciò che *voglio*, mi tocca essere ciò che *devo*.

Decido di sviare il discorso e di sdrammatizzare, perché mi sento soffocare. Tutto quello che mi ha detto corrisponde in un certo senso alla verità e, benché provenga da un mezzo irrazionale, è a suo modo logico e coerente.

Solo che davvero sono consigli che non posso permettermi di seguire, adesso. Non ho tempo di pensare a me stessa e ai miei bisogni, mi devo concentrare sul rimettere in piedi la famiglia.

Ho un fratello trentenne che è regredito ad adolescente e un nipote di otto anni che è responsabile e affidabile quanto il direttore di una banca.

- Ci sono già abbastanza matti nella mia vita, grazie lo stesso - ribatto.

Demeter resta in silenzio, in attesa che mi spieghi. Quindi sputo il rospo. - Ti dico solo che stamattina c'era un folle vestito soltanto con l'accappatoio nella mia cucina. E l'abbigliamento era del tutto insufficiente a nascondere i muscoli e tutto il resto.

Demi mette via le carte e si sporge nella mia direzione. - Questo sì che è un messaggio dell'universo: un manzo per colazione. Scommetto che è questa visione ad averti spinta a divorare lo strudel. Raccontami tutto, voglio i dettagli!

Mi pento immediatamente della mia lingua lunga.

- Avanti, confessa, sei venuta qui perché la faccenda ti ha turbata. Si può sapere chi è questo figo mezzo nudo?

Arrossisco mio malgrado e mi fingo molto interessata al latte alla lavanda. Ne bevo un altro sorso e, da dietro il bicchiere, borbotto. - Jax LeBlanc.

- Non sei una buona amica. Avresti dovuto avvertirmi e te l'avrei portata a casa la colazione. Consegna espressa!

- Dai, Demi, non è il caso di scherzare. Dopo la partita incriminata, Jax ha organizzato una festa a casa sua con gli altri gorilloni. Hanno combinato un casino, com'era prevedibile: hanno finito con l'allagare tutto con l'acqua della piscina. La villa di LeBlanc è impraticabile. La mattina dopo Leo ha deciso di fare il buon samaritano e l'ha invitato a stare da noi per un po' di tempo.

- Esattamente lo spirito di squadra che il Lacrosse sostiene - ghigna la mia insensibile pasticcera.

Scuoto la testa, irritata, e lei ripete grosso modo le stesse parole dette da mio fratello. - Qual è il problema? Se fossi stata io ad avere i lavori in casa, tu non mi avresti accolta a braccia aperte?

- Ovviamente, ma la situazione non è paragonabile! Tu non andresti in giro nuda, non mi provocheresti in continuazione e non costituiresti un cattivo esempio per i miei nipoti.

Mi guarda sollevando un sopracciglio, poco convinta. Perciò calco la mano ed esagero.

- Già Leo è poco responsabile, ma insieme ai suoi amici diventa assurdo. Ho l'impressione di gestire un asilo. Quando i maschi fanno branco, regrediscono all'età mentale di cinque anni.

- Non sei un po' bacchettona?

- Non ti ci mettere anche tu! C'è già quello stronzo che mi ha soprannominata Miss Stress.

Fatica a trattenere un sorriso. Quindi ritorna seria. - Ricordati il consiglio delle carte: non puoi tenere tutto sotto controllo - mi dice con dolcezza, mentre mi afferra una mano. - E sappi che io ci sono sempre. Posso prenderti per il culo fino allo sfinimento, ma sono dalla tua parte. Se LeBlanc ti fa incazzare troppo e finisci per ucciderlo, sappi che il locale dispone di un congelatore sufficientemente ampio per occultare un cadavere.

Mio malgrado, sorrido anche io. So che ci tiene a me e anche io le voglio bene. Sono fortunata ad averla nella mia vita e non avrei dovuto aspettare tanto per venire a trovarla.

JAX

Gli allenamenti sono una parte immancabile della mia routine quotidiana, soprattutto ora che l'inizio della stagione si sta avvicinando.

Non posso permettermi di saltarli, soprattutto dopo il casino scoppiato a causa della rissa con i *Calgary Rock*. Per fortuna non si trattava di una partita del campionato, altrimenti sai quanto sarebbero andati avanti a lamentarsi gli sponsor?

Tornerò nelle loro grazie non appena avrò occasione di segnare di nuovo. Le mie performance in campo devono continuare a essere impeccabili. La carriera è tutto ciò che ho e non me la farò portar via.

Il Coach mi ha suggerito di parlare con uno psicologo sportivo per farmi aiutare a gestire le mie reazioni violente. Non mi sogno nemmeno di dargli retta. Fino a che non sarò obbligato, non ho intenzione di andare a frignare con uno strizzacervelli.

- Fratello, se non smetti di digrignare i denti ti toccherà tenere il bite anche sotto la doccia - mi sfotte Noah Walker, mentre si insapona con vigore.

- Che fai, mi fissi mentre mi lavo? - ritorco, perché voglio metterlo in imbarazzo in modo da costringerlo a stare zitto.

So che ha ragione: non ho smesso di essere incazzato da stamattina. Quei dannati messaggi mi sono rimasti sullo stomaco.

- Sei ancora su tutte le furie perché casa tua sembra l'acquapark?

- Ti hanno mai detto che, invece dello sportivo, avresti dovuto fare il comico? Trovi la faccenda tanto divertente solo perché non si tratta della tua villa.

Il mio amico chiude il getto della doccia. - In realtà credo che mi sembrerebbe esilarante in ogni caso. Disagevole, certo, ma comunque molto buffo. Vero, John?

White, vero responsabile del casino, finge di non sentire e inizia a fischiettare in modo da estraniarsi del tutto dal discorso.

Se non fosse stato uno della squadra, lo avrei obbligato a raccogliere tutta l'acqua con paletta e secchiello da spiaggia. Ma con loro no. Sono la cosa più vicina a una famiglia che ho.

- Ammetti che è una storia memorabile, fratello. Sarai ricordato negli annali come quello con la piscina coperta più grande di Thunder Bay - Noah sghignazza.

Esco dalla doccia e mi avvolgo nell'asciugamano. Volto le spalle a quegli stronzi, perché non intendo dare loro la soddisfazione di vedermi sogghignare. Nonostante i danni non siano di poco conto, la penso come Walker: è un aneddoto fottutamente divertente.

- Comunque le cose avrebbero potuto andarti peggio - interviene Jackson, uno dei difensori. - Alla fine sei viziato e coccolato dal nostro Bouchard.

Non rispondo, perché devo mantenere la facciata di quello che ha subìto un grande fastidio. Però credo di essere piuttosto d'accordo: il portiere dei *Gladiators* è un bravo tipo, uno di quelli che non si mostrano solidali a parole e basta. Mi ha offerto non soltanto un posto dove stare, con una camera gigante e tutti i comfort del caso, ma anche ospitalità nel senso più ampio del termine.

Credo che Camille si sbagli sul suo conto. Leo mi ha detto che la sorella è tornata a Thunder Bay perché era preoccupata che lui non sapesse fare il padre, però io lo vedo che in lui c'è la giusta attitudine. Non solo verso i due nanetti che lo aspettano a casa, ma perfino nei confronti della squadra. Bouchard è quello che si preoccupa per noi, che cerca di farci andare d'accordo e di smorzare le tensioni, che si assicura che il morale sia alto. Forse è per questo suo lato che ha iniziato a interessarsi a me, che di sicuro sono il caso limite del team.

Di certo è merito della sua attitudine da chioccia se si è fatto avanti all'istante per proporsi di ospitarmi, dopo il disastro della festa.

Tutti qui hanno a disposizione abitazioni con una stanza in più, ma il primo a invitarmi a stare da lui è stato Léonard.

Quindi no, non sono per niente del parere di Miss Stress. Questo è un uomo a cui piace prendersi cura degli altri. Ha solo perso la bussola per qualche tempo e, se una non è abbastanza sensibile per capire che ci vuole un po' a riprendersi, dopo che la vita ti ha preso a badilate sui denti, forse è lei quella stronza.

- Certo che sarebbe potuta andargli peggio - conferma il midfielder Ron, mentre inizia a vestirsi. - Però, diamine, non ce lo vedo Jax a fare da baby-sitter a dei bambini.

- Ah, non è necessario. I due hanno già una tata, l'ho vista in un alcune occasioni - ride Jackson malizioso, mimando un paio di tette. - Una vera delizia. Mi ha fatto venire voglia di tornare piccolo, ve lo assicuro.

- Tu sei già piccolo - lo zittisco, irritato. - Di cervello e anche in altre zone.

Lo vedo incupirsi, non riesce a capire perché io mi sia scaldato tanto. E, a essere del tutto onesti, non lo capisco nemmeno io: è il genere di commento da spogliatoio, quello che chiunque di noi avrebbe fatto riguardo a una ragazza attraente.

- Guarda che è Camille, la sorella di Leo, brutto coglione - interviene Noah, assestando un colpo sulla nuca all'inopportuno commentatore. - Porta rispetto.

- Le sorelle e le madri dei compagni di squadra sono intoccabili e asessuate, come le suore! - ribadisce White, che per una volta dice una cosa sensata.

Jackson non sembra turbato. – Scusate, ma io ho una nutrita collezione di film porno in cui le suore sono tutt'altro che frigide. Anzi, direi proprio che sono delle porche. Non sapete che, a furia di stare represse, poi...

- Va bene, abbiamo capito. Può bastare. - Il tono di Leo non ammette obiezioni. - Smettetela di essere blasfemi. E tenete giù occhi e zampe da mia sorella, siamo intesi?

Fa con la mano il gesto di tenerci d'occhio.

Non so se è il solito bisogno di trasgredire che mi spinge a formulare l'idea. Ma il mio cervello sta proiettando un video in cui Camille indossa le vesti di una monaca sexy e si china a mostrare il contenuto della scollatura.

Non è del tutto immaginazione, perché un'occhiata alle sue tette io l'ho data sul serio. Più di una volta.

Sono sode e ben fatte e sono certo che si adatterebbero perfettamente alle mie mani.

Meglio che mi rivesta alla svelta.

- Invece di fare i cazzoni, vedete di ricordarvi che domani c'è l'open day per le iscrizioni al corso dei piccoli. Siete precettati in quanto simbolo del Lacrosse di Thunder Bay - sta dicendo Bouchard, di nuovo serio.

- Dobbiamo crescere una nuova generazione di *Gladiators*! - esclama Noah, entusiasta.

Io lo sono un po' meno, questo genere di eventi non mi ha mai fatto impazzire. Pullulerà di mamme apprensive e di padri convinti che il figlio sia destinato a diventare il nuovo campione. Tutti vorranno scattare selfie con noi e sarà una gran rottura di palle.

- Io ci vengo solo perché parteciperanno i tuoi ragazzi. Sono certo che hanno la giusta stoffa.

- Ci sarà anche Camille? - chiede Jackson, che non si è tolto il chiodo fisso. - Spero che lei ne indosserà poca, di stoffa.

- Allora le vuoi prendere - inizio, mostrando il pugno.

Leo, per tutta risposta, gli getta in faccia l'asciugamano sporco. - Inebriati con questo, è tutto ciò che avrai della mia famiglia.

Il palazzetto dello sport di Thunder Bay è davvero figo. Si trova proprio in centro ed è piuttosto imponente. Ha pareti di mattoni rossi, con finestre ampie che permettono alla luce del sole di filtrare all'interno e di illuminare l'ampia hall con un effetto da spot pubblicitario.

Appena entro, riconosco il familiare suono dei tacchetti delle scarpe sportive che scricchiolano sul pavimento. Un gran vociare riempie l'aria, creando un'atmosfera carica di aspettative e di energie. L'odore caratteristico delle divise appena indossate mi colpisce e mi riporta alla prima maglia che ho indossato. Non ero tanto più grande di questi mocciosetti.

Mi avvio verso il campo, posto proprio al centro del palazzetto. I neon sul soffitto brillano e illuminano l'area, circondata da robuste pareti in rete. I bordi sono delimitati da nette linee bianche, che segnano i confini di gioco.

Ovunque posso scorgere nanerottoli intenti a correre avanti e indietro sotto lo sguardo entusiasta dalle mamme, che sorridono orgogliose.

I miei compagni di squadra sono già schierati al centro del campo, con i caschi sotto il braccio e i sorrisi di circostanza.

Mi affretto a raggiungerli e tutti solleviamo in alto le stecche da Lacrosse.

Il nostro compito oggi è quello di mostrare ai bambini la bellezza dello sport e di ispirarli a perseguire una carriera che può diventare prestigiosa.

Essere diventato in qualche modo un punto di riferimento mi stranisce. Per tutta l'adolescenza mi hanno bollato come un caso perso, eppure eccomi qua: per questi piccoli sono un eroe e per le loro mamme milf rappresento un sogno segreto.

Le pareti del palazzetto sono decorate con tutte le medaglie e i trofei delle squadre locali. Costituiscono le prove concrete dell'importanza che il Lacrosse riveste in questa comunità. Rappresentano i successi passati di Thunder Bay e le ambizioni future della città.

Terminati i convenevoli di rito, gli aspiranti giocatori vengono divisi in gruppi per capire il loro livello di abilità.

Intanto che aspettano il proprio turno, mi avvicino a Cody, il figlio di Leo. Lo vedo particolarmente entusiasta.

- Ciao, peste! Sei pronto a iniziare questa nuova avventura?

Il teppistello salta su e giù dalla gioia. - Sì, zio! Guarda, mi hanno già anche dato la maglietta. Ora sono proprio come te e papà.

Mi accorgo che Lewis, il fratello maggiore, se ne sta invece un po' in disparte.

Un'ombra di ansia gli oscura il visino ossuto e mi viene istintivo posargli una mano sulla spalla. - Ehi, devi solo buttarti nella mischia. Vedrai che, superato il primo impatto, sarà fighissimo. Ti divertirai e scommetto che ti farai un sacco di nuovi amici. Niente unisce come lo sport.

Pare dubbioso. Guarda in basso e mi contraddice, serio. - Non credo, Jax. Io non sono come mio fratello. Lui parla con tutti, non fa fatica a inserirsi.

- Se sono riuscito io a fare squadra, può farcela chiunque – lo rassicuro, e sono sincero. - Soprattutto uno in gamba come te! Ti sei dimenticato del legame che unisce me, tuo padre e Noah?

Esita ancora un istante, poi un timido sorriso cancella le ombre dal suo faccino. - Va bene, zio. Proverò a fare del mio meglio.

E lo vedo tornare in fila con gli altri.

Sarò riuscito a compiere la mia buona azione? Non sono del tutto convinto di essere un buon motivatore, però almeno ci ho provato.

Léonard invece è davvero nello spirito della giornata, fa ottimi *pep talk* ai ragazzi e scoppia d'orgoglio all'idea che i figli intendano seguire le sue orme.

Io scatto qualche selfie e rispondo a un paio di domande. Dopo un po', però, mi stufo di tutta la baraonda e mi tiro in disparte.

Mi viene in mente che non ho ancora visto da nessuna parte Miss Stress, ma è impossibile che si sia persa una giornata così importante per i suoi nipoti.

Così mi guardo intorno per capire dove si sia nascosta. I discorsi di ieri negli spogliatoi mi hanno lasciato un prurito che avrei voglia di soddisfare.

Ma no. Mi comporterò da bravo ragazzo e non proverò a scoparmi la sorella del mio migliore amico.

Eccola là. Seduta sugli spalti, con uno sguardo incazzato che non promette nulla di buono.

I capelli color miele le scendono sulle spalle in onde morbide, coperti in parte dal cappello. È panna, con un pon pon beige decisamente troppo grande. Mi sono spesso chiesto perché le ragazze amino indossare accessori buffi. Credo nasconda un recondito desiderio di tornare bambine.

Reprimo una smorfia. Sono l'unico a non nutrire nostalgia per l'infanzia?

Dopo l'episodio in cucina non ho avuto più occasione di stare con lei. Non ho intenzione di scusarmi per averla mollata là da sola come uno stronzo, però potrei offrirle un gesto di pace, per il quieto vivere.

Lo so che non mi credete. Che in fondo pensate che voglio solo avere una nuova occasione per provocarla.

Magari avete ragione. Sono fatto così. Eppure con lei intendo davvero tendere un ramoscello d'ulivo: la famiglia Bouchard mi spinge a comportarmi in modo strano, lo ammetto.

Quindi mi dirigo svelto verso il punto del palazzetto adibito a ristoro. Una giovane mamma, vestita attillata e con un rossetto carminio, mi scansiona con uno sguardo a raggi X e ammicca con intenzione. In un'occasione diversa forse mi fermerei a parlare con lei, giusto per farmi adulare un po'. Ma al momento ho altre priorità.

- Una cioccolata, per favore - ordino al ragazzo dietro il bancone. - Bollente.

Sentendo l'ultima parola, la sexy genitrice mi sorride, sempre più maliziosa.

Evito ostinatamente di incontrare il suo sguardo, ritiro il bicchiere con la bevanda calda e mi dirigo verso le gradinate.

Mentre mi faccio strada attraverso le persone, ricevo complimenti e saluti. Tutti mi conoscono e sembrano entusiasti di vedermi.

Alla fine sono contento di essere venuto all'evento. È in qualche modo elettrizzante guardare una nuova generazione pronta a dedicarsi corpo e anima al Lacrosse.

Per fortuna Camille non si è spostata. Si trova ancora seduta nello stesso punto in cui l'avevo notata prima. Oserei persino dire che non ha nemmeno cambiato espressione. Ha sempre l'aria di una che si trova nella sala d'aspetto del dentista: sa che essere lì è la cosa giusta, però preferirebbe scappare da un'altra parte.

- Potresti almeno fingere - dico, un sorriso trattenuto nella voce.

Sobbalza, non si era nemmeno resa conto che mi fossi avvicinato e, per un istante, mi rivolge uno sguardo stranito. Quindi fa spallucce. - Preferiresti che urlassi esagitata come le altre mamme?

- No, ma è troppo chiaro che disapprovi. Guarda che ha un disperato bisogno di sapere che tu sei dalla sua parte. Che appoggi le sue scelte.

Mi guarda senza capire. - Intendi Lewis?

Scuoto la testa. - Intendo tuo fratello. Credimi, è convinto di sbagliare qualunque cosa, con i suoi figli.

Si inalbera. Riesco a vedere che si mette sulla difensiva. - E da quanto tu sei un fine psicologo? Hai intuito tutto questo solo abitando con noi un paio di giorni?

- Certo che no - ammetto. - Me lo ha detto lui.

La spiegazione la fa ammutolire.

Approfitto della pausa nelle ostilità per sedermi e le porgo il bicchiere colmo di cioccolata.

- In segno di pace.

Dopo una breve esitazione, lei accetta la bevanda e inizia a sorseggiarla in silenzio.

Per un po' restiamo così, zitti a guardare il caos dei piccoli giocatori. Mi accorgo senza sorpresa che lei tiene d'occhio soprattutto l'angolo in fondo a sinistra, dove si trovano i suoi nipoti.

È una sensazione strana, condividere del tempo con Miss Stress senza le solite dinamiche che hanno sempre caratterizzato il nostro rapporto. Non la sto provocando, né lei mi sta giudicando. Certo, ci limitiamo a restare ognuno nel suo mondo, però ho l'impressione che questo silenzio non sia come al solito carico di imbarazzo e sottintesi. È, anzi, stranamente quieto.

E poi lei mi stende con la più inaspettata delle affermazioni.

- Forse hai ragione.

- Scusa? - sbotto, e la mia non è una provocazione, ma pura sorpresa.

- Non gongolare. Perfino un orologio rotto segna l'ora giusta due volte al giorno.

- Adesso già ti riconosco di più - sogghigno. Ma noto che è turbata, quindi torno a tacere.

Negli anni ho imparato che il secondo modo migliore per spingere qualcuno a rivelare un segreto è non fare proprio niente. Se rimani immobile e con la bocca chiusa abbastanza a lungo, spesso le persone finiscono con l'aprire la loro e spifferare tutto.

Il primo resta far ubriacare l'altro fino a fargli perdere tutti i freni inibitori, ma non credo questo sia il contesto opportuno.

Camille stringe le mani a pugno sopra le ginocchia e scuote la testa. - Può darsi che io sia prevenuta nei confronti dello sport che tanto vi appassiona - riprende, a voce così bassa che più che sentirla leggo il labiale. - Proprio di recente mi è stato fatto notare da una persona di cui mi fido come il Lacrosse possa favorire il gioco di squadra. E il cielo sa quanto la famiglia Bouchard avrebbe bisogno di tornare a essere unita verso un obiettivo comune.

Corruga la fronte e la vedo mordersi un labbro. Un gesto di frustrazione, che però non posso fare a meno di trovare provocante.

Forse è vero che ho qualcosa di storto nel cervello, perché di colpo faccio fatica a concentrarmi e la mia mente viene invasa da pensieri francamente inopportuni.

- Insomma, magari dovrei sforzarmi di più di mostrare il mio supporto in questa situazione - riprende, ignara del fatto che io mi sia distratto. - Léonard ha talento per questo sport, l'ha sempre avuto sin da quando era bambino, e Cody e Lewis sono davvero interessati. Forse il fatto di condividere una passione così forte li aiuterebbe a ritornare in sintonia. Li farebbe riavvicinare senza bisogno di parlare o di grandi discorsi.

Sto zitto e mi limito ad annuire.

Ma, siccome lei non sembra ancora convinta, alla fine spiego: - Per quello che vale la mia esperienza, lo sport può davvero salvare, Camille. – Faccio una pausa, mi trovo a deglutire. Non sa quanto sia vero quello che ho appena affermato. – E sì, giocare nella stessa squadra permette di dirsi tante cose senza aprire bocca. C'è chi riesce a comunicare i propri sentimenti con un abbraccio e chi invece ha bisogno di una rissa in campo.

Mi accorgo subito di aver toccato un tasto dolente e mi pento della mia linguaccia.

- È proprio questo il punto! Come posso essere contenta che i miei nipoti si dedichino a uno sport violento?

- Direi che l'approccio al Lacrosse dei tuoi nanetti non può essere lo stesso che ho avuto io alla loro età. - Mi rabbuio, non sono convinto di voler scendere nei dettagli. Non mi fido di nessuno e, soprattutto, non mi piace passare per debole. Ma non posso neppure lasciarle trascurare un dettaglio così importante. - Veniamo da due mondi diversi.

- Non sono sicura che sia così – confessa in un sussurro. - Hanno sofferto tanto e in alcune occasioni gli atteggiamenti di Cody mi preoccupano.

- Hanno sofferto, sì, ma non sono da soli.

- Certo, come hai detto Leo sta facendo del suo meglio...

La interrompo. - Intendevo anche dire che hanno te.

L'ho colta alla sprovvista. Distoglie lo sguardo e il bicchiere di cioccolata trema. Per la prima volta, non sa cosa rispondere.

Restiamo di nuovo in silenzio e torniamo a guardare i bambini.

Però adesso l'atmosfera è cambiata. Sento che Camille è stranamente tesa e me ne domando il motivo: non ho combinato niente, questa volta, le ho perfino fatto dei complimenti. Che diamine.

Possibile che non le vada mai bene niente?

Mi accorgo che mi sta guardando di sottecchi e mi metto a fissarla, come sfidandola a dire cosa le stia passando per la testa. Invece lei appoggia il bicchiere vuoto e si alza di scatto, neanche avesse una molla sotto il culo.

- Devo andare. Grazie del gesto gentile.

"Pensa se lo avessi trovato scortese come ti saresti comportata."

Strana forte, eh.

Rimango imbambolato a guardarla scendere dagli spalti, ma non mi va giù che mi abbia lasciato qui come un idiota. Sono io quello che ha l'ultima parola e se ne va per primo.

Senza riflettere sulle conseguenze, mi alzo e la inseguo. Non mi è difficile raggiungerla, sono uno sportivo dopotutto.

Si trova già a metà del corridoio che conduce all'uscita e che, al momento, è relativamente deserto. Conosco questo posto come le mie tasche: ci ho passato un migliaio di pomeriggi ad allenarmi dopo la scuola, quindi so cosa fare.

Afferro la fuggitiva per un gomito e, prima che possa protestare, apro una porta sulla nostra destra e la spingo dentro.

Lei strabuzza gli occhi, spaventata, ma la sua espressione cambia quando capisce che sono io il rapitore. Diventa fredda e sospettosa.

La vedo gettarsi un'occhiata intorno, prima di sbottare. - Sei matto? Mi vuoi aggredire nello sgabuzzino delle scope?

Ammetto che la situazione potrebbe dare adito a qualche dubbio. - Non preoccuparti, non sono il tipo che ha bisogno di forzare le donne. Qualcuna pagherebbe per essere da sola qui con me, adesso.

- Sì, come no. Ci credi proprio tanto. - E incrocia le braccia con fare bellicoso.

- Guarda che giusto poco fa, al bar, ho rifiutato le avances di una Milf.

- Oh, complimenti! Sei un Santo. Vuoi una delle medaglie che erano appese sul muro?

- Era solo per farti capire che non avrei motivo di violentarti. - Continua a fissarmi con quel sorrisino del cavolo e la sua aria di superiorità mi manda il sangue al cervello. E non solo al cervello. Quindi la punisco. - Senza contare che non mi piaci neppure. Hai le tette troppo piccole.

- Però evidentemente le hai fissate. Maniaco. E, per inciso, neanche tu mi piaci: hai il cervello troppo minuscolo.

Tocca a me sogghignare. - Ma hai intravisto, sotto l'accappatoio, che possiedo anche qualcosa di notevoli dimensioni. E quello ti stuzzica, di' la verità.

Avvampa. - Sei un porco!

- E tu sei una insopportabile moralista.

Scuote la testa, i capelli color miele ondeggiano invitanti. - Dovresti vergognarti.

- Tu dovresti imparare a divertirti.

- Vorresti insegnarmelo tu?

Non rispondo. A dire il vero è proprio ciò che intendo fare, signore e signori. E sarà uno spettacolo che non dimenticherà tanto presto.

Mi avvento sulla sua bocca, più per chiuderla che per altro. Ma mi accorgo subito di essere mosso da un istinto diverso dalla rabbia.

Le sue labbra sono morbide, indossano ancora il sapore della cioccolata.

Camille mi punta le mani contro il petto, sembra che voglia spingermi via. Però subito dopo la presa cambia e la sento afferrarmi i lembi della divisa.

Vibra di ira repressa, mi spinge contro la parete che si trova giusto dietro di me. La mia schiena urta contro lo scaffale dei detersivi.

Stuzzicante, questa violenza. Non me l'aspettavo da una così educata e controllata.

Tra di noi scorre una corrente elettrica che mi esalta e scommetto che la sente anche lei. Tutta questa energia finirà per sfociare in una scopata gloriosa, ve lo dico io. Non si può arginare, ci sta già trascinando oltre i limiti.

Vedo le sue pupille dilatate, sento il respiro affannato.

Ci sono mille ragioni per cui non dovremmo andare avanti, una sola per proseguire. Ma è questa a vincere.

Mi si avventa addosso, più che baciarci ci divoriamo. Il fuoco scende in un istante lungo la spina dorsale e mi ritrovo duro come il marmo.

Diavolo, credevo che Miss Stress fosse un'acqua cheta. Invece è puro fuoco.

Mi infiamma, brucia ogni senso dell'onore e della prudenza.

So che avevo detto che avrei tenuto giù le mani per rispetto a Bouchard, ma un vero amico capirebbe: certe situazioni sono semplicemente troppo da gestire e io non sono noto per saper tenere a bada le mie pulsioni.

D'altronde, se fossi io ad avere una sorella, non avrei niente da ridire se se la portasse a letto un compagno di squadra (a meno che non si trattasse di quell'idiota di White). Resterebbe tutto in famiglia, no?

La invado con la lingua, ma lei non si fa pregare: piega la testa per proseguire il gioco e approfondire il bacio.

Poi di colpo fa la ritrosa e si stacca da me. I nostri respiri ancora si fondono, ma Camille mi morde un labbro.

Stronza. Vuole punirmi perché le sta piacendo troppo.

La mia vendetta sarà farla godere così tanto che mi implorerà di averne ancora.

Sono presuntuoso? Forse, ma finora non sono mai stato smentito.

L'afferro e la sollevo, metto le mani sotto le sue chiappe sode.

La faccio sedere sul mobiletto che sta dietro di lei e la costringo a divaricare le gambe.

Mi rifila uno sguardo capace di incenerire, ma mi attira di nuovo a sé.

Incuneato tra le sue cosce, mi premo contro di lei e riprendo possesso delle sue labbra.

Diavolo, questa ragazza riesce a mandarmi fuori di testa. Il suo odore, il suo sapore... Ne voglio ancora. Mi sento euforico, ubriaco di desiderio come un quindicenne arrapato.

Non mi capitava da un pezzo di perdere il controllo in questa maniera per una tipa. Di norma sono loro quelle che non riescono a scollarmisi di dosso.

Forse è il brivido del proibito: la consapevolezza che fuori da questo stanzino ci sono suo fratello e un'orda di ragazzini, o il fatto di essere riuscito a far capitolare una che affermava di detestarmi.

O magari c'è dell'altro, ma è più prudente ignorarlo.

Mi cinge il collo con le braccia, mentre le nostre lingue tornano a cercarsi.

Ed è il momento di spingersi oltre, perché pomiciare è esaltante, ma io desidero di più. Voglio sentire la sua pelle sotto i polpastrelli, assaporarla con la bocca.

Camille è uno schianto, però è decisamente troppo vestita.

Come faccio a liberarmi del giaccone che indossa per farmi strada fino alle sue tette?

Senza staccare la mia bocca dalla sua, inizio ad armeggiare con la zip. Dopo un tentativo maldestro, riesco nel mio intento e faccio scendere la cerniera.

Lei non mi ferma, agevola anzi le mie mosse e ci ritroviamo ancora più ansimanti, preda di un fuoco che non sembra destinato a estinguersi in fretta.

Per fortuna il maglione che indossa è dotato di una scollatura ampia e morbida, a barchetta.

Non mi è difficile farlo scendere su una spalla e ottenere l'accesso al paradiso.

Ah, un balconcino di pizzo nero con inserti di raso. Miss Stress non smette di riservare piacevoli sorprese.

Ci infilo le dita, trovo subito il capezzolo e lo sfrego con il pollice. Cazzo, lo sento inturgidirsi e di riflesso divento ancora più duro anche io.

Sono avido. Affondo nella sua bocca, la costringo a reclinare la testa per concedermi tutto. E intanto tasto il seno, esaltato dal fatto di trovarlo ancora meglio di quanto sperassi. Non è affatto troppo piccolo come ho sostenuto poco fa, solo per irritarla. Rasenta anzi la perfezione.

È sodo, deliziosamente soffice, e scommetto quello che volete che resterebbe su anche senza il sostegno del reggipetto.

Cazzo, quanto mi piacerebbe poter spogliare del tutto Camille e testare questa teoria. Delle tette simili meriterebbero di essere sorrette solo dalle mie mani, altro che ferretti.

Sento il suo gemito vibrare dalla gola fino alla bocca. Lo bevo, leccando l'interno del suo labbro.

E poi scendo a succhiare il collo, mentre lei inarca la schiena.

Scosto il pizzo. La punta del suo seno è rosa scuro, eretta e pronta per me. Succulenta. Mi sta implorando di essere assaggiata e io non intendo farla attendere. Mi dedicherò a lei e poi anche alla gemella che è ancora nascosta dal raso nero.

Diavolo, ho l'acquolina in bocca. Non riesco a credere a quanto voglio questa ragazza.

Non è una cosa normale, lo ribadisco. Io di solito mantengo un certo controllo.

Ma oggi...

Il mio alito caldo è sulla sua pelle, l'areola si increspa in attesa.

Apro le labbra, sto per conquistare il premio.

Ma, proprio sul più bello, Camille si ritrae.

- Merda - sussurra, e deve essere ancora nel mood “sto per fare sesso” perché la parolaccia le esce venata da un tono basso e sensuale.

Però è fuori di dubbio che qualcosa sia scattato nel suo cervello e che le abbia fatto cambiare idea.

La vedo arrossire e sul viso le si disegna un'espressione confusa e piena di vergogna. In fretta si sistema il balconcino nero e il maglione. Un attimo dopo, sta tirando su la zip della giacca fino a sotto il mento.

- Un tantino eccessivo - commento.

Vorrei aggiungere qualcosa di spavaldo che la rimetta al suo posto, ma non riesco a trovare nulla di adatto.

La verità è che mi ha preso in contropiede e sono rimasto indietro. Sto ancora pensando al gusto di cioccolata sulle sue labbra, all'eccitazione che mi ha provocato palparle le tette.

Davvero vuole chiuderla così?

Dannazione, le stava piacendo. Di più, era travolta. Incapace di togliermi la lingua dalla bocca.

Stavamo andando a duecento all'ora e lei ha inchiodato di colpo.

Come diamine ha smorzato di botto la passione che la stava divorando? E, porca puttana, come faccio a spegnerla anche io? Sento i polpastrelli formicolare per la voglia di toccarla ancora e non parlerò delle condizioni in cui si trovano le mie parti basse solo perché sono un signore.

- Scusa, davvero - balbetta, mentre si sistema i capelli. Non ha il coraggio di guardarmi in faccia. - Non so cosa mi sia preso.

“Ti sei tolta la scopa dal culo e hai fatto ciò che volevi, per una volta, invece di ciò che gli altri si aspettavano da te” penso.

Però non lo dico. Anche se mi accusano spesso di non essere empatico, capisco che non è il caso di infierire.

Almeno finché lei non mi guarda dritto negli occhi e chiede. - Non è che hai messo della droga nel mio bicchiere?

Cioè, davvero. Non si merita che io mostri pietà.

Sollevo un angolo del labbro. - Ti piacerebbe, eh? Venire sollevata dalla responsabilità di quello che è appena successo tra noi. Invece no, eri lucida e sobria. Eppure ti stavi per far scopare in uno sgabuzzino da uno che detesti, ma che ti arrapa.

Potrei muovere un passo in avanti, premere la mia erezione contro di lei. La destabilizzerebbe e ricominceremmo a pomiciare.

Mi sa che è abbastanza confusa da cedere. Basterebbe insistere.

Ma, chissà perché, invece mi tiro indietro e apro la porta con un gesto galante. - Vuoi andare? Non ti trattengo. Come ho già avuto modo di dire, lì fuori ne trovo quante ne voglio.

Serra la mascella. Mi incenerisce con lo sguardo.

Ha poco da incazzarsi, tra noi è lei quella che si è comportata da stronza. Essere umiliata è il minimo.

- Dio, dovevo essere impazzita - sbotta, scuotendo la testa, poi esce dallo stanzino a passo di carica, senza aggiungere altro.

Impiego qualche istante a ritornare padrone di me stesso e a decidere di uscire a mia volta nel corridoio. Mi tocca fare un sacco di respiri profondi.

Perché, vaffanculo, dovevo essere impazzito pure io a pensare che potesse funzionare. Una come Miss Stress non è mai una scopata senza pensieri. Quella porta grane. È una bomba a orologeria e lo sa il cielo se non ho già problemi a sufficienza nella mia vita.

Quasi a darmene conferma, il cellulare vibra nella tasca. È arrivato un messaggio, ma non intendo guardarlo. Conosco fin troppo bene il mittente e posso immaginare il contenuto.

"Meglio così" mi dico, mentre esco dallo sgabuzzino. "Hai perso una sveltina, però ti sei risparmiato le conseguenze".

Già.

Allora per quale ragione mi rode tanto?

CAMILLE

Non può essere successo sul serio. Non è possibile.

Io non sono fatta in questo modo. Non sono il tipo di persona che si imbosca in un luogo pubblico per farsi infilare le mani sotto al maglioncino. Non sono il genere di ragazza che si concede avventure con il primo che passa, così, tanto per regalarsi un orgasmo.

Io il sesso lo associo a qualcosa di significativo, lo faccio con uomini che trovo intelligenti o gentili o che, comunque, mi piacciono come esseri umani.

Perché diamine quindi ho permesso che succedesse questa cosa con LeBlanc?

Lui non è di certo il tipo che troverei interessante al di fuori delle lenzuola!

"Quindi ammetti che in un letto potrebbe piacerti?"

No! Dannata coscienza! Da che parte sta?

Dovrebbe rassicurarmi, darmi una pacca sulla spalla perché alla fine sono rinsavita e mi sono tirata indietro. Nonostante stessi godendomi un momento niente male.

"Non essere ipocrita. Ammettilo: eri in paradiso, tesoro" mi riprende la vocina interiore. "E se l'avessi lasciato fare..."

Non esiste.

Non voglio assolutamente avere niente a che spartire con quel tizio.

Va bene, lo trovo attraente. Anzi, sexy da morire. Ed è fuori discussione che ci sappia fare.

Deglutisco.

Maledizione, mi ha baciata con una passione e con un'intensità che mi hanno lasciata senza fiato. Mi sono sentita come se fosse la prima volta. Travolta da un'emozione così violenta da far male.

Smetto di camminare senza meta, volto l'angolo di un vicolo e mi appoggio con la schiena contro il muro, decisa a riprendere possesso delle mie facoltà mentali e a calmare il battito del mio cuore.

Non è giusto che uno tanto stronzo sia anche tanto bello. È stato creato per mandare in confusione la gente per bene, per rappresentare la kryptonite di ogni brava ragazza.

Mi ha destabilizzata con la finta gentilezza. Quella faccenda di portarmi la cioccolata, di ascoltare i miei dubbi sulla relazione con Cody e Lewis... mi ha convinta di possedere un lato sensibile. E invece era tutto un trucco per trascinarmi in uno sgabuzzino e raggiungere i suoi scopi.

Mi mordo un labbro, sento ancora il suo sapore.

Vaffanculo, erano anche i miei stessi scopi, in realtà.

Se devo essere onesta, a fermarmi non è stato nessun principio morale, ma solo la consapevolezza che domani mi sarei ritrovata a fare colazione con lui. Non avrei sopportato l'espressione di vittoria, la tronfia aria da uomo delle caverne che ha raggiunto un obiettivo. O meglio, da giocatore di Lacrosse che è riuscito a buttare in porta la palla.

Se fosse stato un perfetto sconosciuto, solo uno incontrato per caso al palazzetto, a quest'ora starei facendo sesso con lui.

Gemo, un po' per la consapevolezza di ciò che ho appena pensato e la vergogna che ne consegue, un po' per il rimpianto.

Cavolo. Dovrei davvero domare i miei pensieri. Non mi sento più me stessa.

"Ricordi le carte?" riprende la mia coscienza, imperterrita. "Hanno consigliato di lasciare andare il controllo e di concedere più spazio al divertimento. E questo sarebbe stato *molto* divertente!"

Certo, nel mentre non ho dubbi. Me lo sarei goduta e l'avrei trovato grandioso. Ma poi? Francamente non sono pronta ad aggiungere un altro casino alla mia esistenza già complicata.

L'ultima cosa di cui ho bisogno è di un terzo ragazzino a cui badare, i miei nipoti sono sufficienti e non ho intenzione di star dietro ai capricci e alle bizze di LeBlanc.

Cammino velocemente lungo la strada. Alla fine sono scappata via dal palazzetto senza nemmeno avvisare Leo.

Ma che cavolo avrei potuto dire? *Ciao, fratello. Mi sono quasi fatta scopare dal tuo amico. Quindi ora mi vergogno e me ne vado. Addio.*

Porca vacca.

Anche le montagne in lontananza sembrano guardarmi con disapprovazione, come se mi rimproverassero per la mia mancanza di controllo.

Cerco di mettere in ordine i pensieri, ma è dura. Così provo a concentrarmi sulla serata che mi aspetta con Léonard e i bambini, sperando che possa essere un'opportunità per distrarmi e dimenticare uno dei momenti più imbarazzanti della mia vita.

Entro in casa, mi ficco in bagno e vado in doccia a lavarmi via l'odore di Jax. Ha addosso più profumo di una prostituta, quello!

"Ti lamenti sempre. Avresti preferito puzzasse di sudore da vero maschio alfa?"

- Taci!

Mi rimprovero allo specchio, puntandomi il dito contro.

La verità è che non so nemmeno io cosa avrei voluto. Una parte di me si ostina a cercare in LeBlanc tutti i difetti possibili, è decisa a elencarli uno per uno e a ingigantirli il più possibile.

Non voglio domandarmene la ragione, perché è fin troppo ovvio che si tratti, almeno in parte, di una strategia di difesa.

Lo trovo attraente. Davvero troppo attraente.

E, siccome so che è decisamente sbagliato per me, l'unico modo per tenermene alla larga è dipingerlo come un tipo tremendo.

Una fonte di tentazioni. L'origine di ogni peccato.

Mugolo. Perché non mi aiuta per niente descriverlo in questa maniera.

Vorrei essere abbastanza sicura di me per mantenermi ferma sulle mie posizioni, ma ho reso abbastanza evidente sia a me sia a lui che il mio disprezzo è soltanto una facciata.

Mi passo una mano sul viso e sospiro.

Contegno, ragazza. Non sei di sicuro la prima né l'ultima che si è avvinghiata come una gatta in calore all'attaccante dei *Thunder Bay Gladiators*. Devi solo attenerti al piano originale: evitare in ogni modo di restare di nuovo da sola con quell'individuo e tenere il più possibile vicini Cody e Lewis.

Neppure un tizio privo di morale come Jax oserebbe provarci di fronte a dei bambini, giusto?

Mi vesto con una semplice tuta e raccolgo i capelli in una coda alta. Intendo mettere in chiaro che sono a casa mia e non voglio impressionare nessuno.

Quindi scendo, raccogliendo il coraggio. Non vedo l'ora di organizzare una cena speciale con la famiglia e di sentire i racconti dei ragazzi su quella che di sicuro per loro è stata una giornata speciale.

Il pensiero dell'entusiasmo dei miei nipoti è sufficiente a farmi tornare il sorriso ed è con un'espressione allegra che mi presento in cucina... Solo per trovarmi di fronte Léonard che sta porgendo il giubbino al maggiore dei suoi figli.

- Ah, Camille, per fortuna sei arrivata. Iniziavamo a preoccuparci, sei stata sotto la doccia un'eternità. - Ridacchia, come se l'affermazione fosse in qualche modo divertente. - Noi abbiamo fatto in tempo a lavarci tutti e tre e a rivestirci. Siamo già pronti per uscire.

Sbatto le palpebre, perplessa. - Avevamo in progetto di andare a mangiare fuori? Non me lo ricordavo, ma se mi date qualche minuto mi metto qualcosa di più adatto.

- No, no, nessun programma - mi interrompe mio fratello. - Una decisione estemporanea presa mentre tornavamo a casa dal palazzetto.

Cody mi rivolge un sorriso fiero. - Papà ci ha proposto di fare una serata tra uomini!

Sollevo un sopracciglio, senza capire. A volte Leo prende decisioni bizzarre, ma dubito che intenda portare i suoi ragazzi in un pub a bere birra e a giocare a freccette.

Infatti Lewis chiarisce. - Andremo da *Smitty's* a mangiare cibo di conforto e a bere bibite gasate.

C'è un ghigno di intesa nella sua espressione, perché sa che io sono contraria a entrambe le categorie di alimenti. Ma sa anche che non ho speranze di vincere, stavolta.

Così mi arrendo e faccio spallucce.

A quel punto, però, mio fratello mi prende per un braccio e mi si avvicina con fare cospiratorio. - Spero non ti dispiaccia se andiamo solo noi tre. Vedere i miei giovanotti con la divisa di

Lacrosse mi ha riempito di orgoglio e credo che ci meritiamo questa uscita padre - figli.

Mi affretto ad annuire e farfuglio di non preoccuparsi, che è del tutto comprensibile e che, anzi, la trovo un'ottima idea.

Il che è del tutto vero: tra trasferte ed elaborazione del lutto, Léonard non è stato abbastanza con i bambini e sono la prima a sostenere che debbano trascorrere insieme del tempo di qualità.

Sono tornata a Thunder Bay per dare una mano, non certo per mettermi in mezzo tra loro o per rivestire un ruolo che non mi spetta.

- Divertitevi - dico, scompigliando i capelli di Cody. - Domani mi racconterete tutto.

Merda.

Questa non me l'aspettavo. Avevo progettato una serata casalinga totalmente innocua, in cui sarei stata al sicuro da LeBlanc, e anche da me stessa, grazie ai bambini e a mio fratello.

Diavolo, mio fratello. A questo aspetto non avevo pensato: cosa direbbe Leo se sapesse quello che ho combinato? Niente. Perché non lo saprà mai. Questione chiusa e archiviata.

Perché le cose non vanno mai come ce le ho in mente? Maledetta mania di avere tutto sotto controllo, non serve a un accidente programmare e fare piani.

"Lascia andare, respira" la mia testa dice cose sagge. "Non puoi avere il potere di dominare tutto quello che ti succede attorno. Rilassati. Immagina di avere in mano una penna che contiene tutte le tue preoccupazioni. Apri la mano. Falla cadere. Ecco, i pensieri sono andati via, li hai lasciati andare."

È più facile dirlo che farlo. La metaforica penna me la sono messa in tasca, a quanto pare.

Non riesco a lasciar andare i pensieri, però posso comunque architettare un piano di emergenza.

Magari anche Jax se ne andrà fuori a cena con qualcuna delle sue amichette e io non dovrò nemmeno incrociarlo per sbaglio. Ma, in caso contrario, ho una tattica pronta all'uso.

Mi chiuderò in camera e non uscirò per nessuna ragione al mondo. Facile. Leggerò un libro, mi rilasserò con un po' di meditazione. Potrei anche guardare una serie tv su qualche piattaforma di streaming.

Sono molto orgogliosa della mia strategia. E poi è un sacco di tempo che non mi regalo una serata tutta per me, di solito sono troppo presa a cucinare e stare con i ragazzi.

Mi manca solo qualcosa da sgranocchiare e sono pronta, così faccio una puntata al volo in cucina.

Scelgo con cura le verdure più croccanti e colorate che trovo nel frigorifero. Ho bisogno di qualcosa che mi risollevi l'umore, quindi serve un panino.

Prendo una fetta di pane integrale e la spalmo con una passata abbondante di maionese. Poi aggiungo lattuga, fette di pomodoro succose e cetriolini. Un pizzico di sale e pepe e, per completare il tutto, ci ficco dentro anche una manciata di germogli di soia.

Un capolavoro culinario, senza essere però una bomba di calorie.

Raggiungo la mia camera e mi siedo sul letto. Libro o film? Forse una serie tv sciacquacervello è la soluzione migliore.

Sì, ho deciso.

Prima mangerò il mio panino e poi spegnerò la testa per qualche ora.

Non faccio in tempo a finire di formulare il pensiero, che il silenzio della stanza viene improvvisamente interrotto da un suono assordante che si insinua nelle pareti.

Che cavolo sta succedendo? I vicini hanno deciso di dare una festa? Impossibile, quella tenera coppietta di anziani non lo farebbe mai. Ci sono solo due spiegazioni: o sono stati sequestrati, legati e la loro abitazione è stata invasa da adolescenti con gli ormoni impazziti oppure LeBlanc è tornato a casa.

Mi avvicino alla finestra, scocciata. La musica sembra provenire dal giardino.

Senza alcuna sorpresa, scopro che la fonte del rumore assordante è proprio Jax.

Non solo si sta godendo la vasca idromassaggio di mio fratello, ma sta anche ascoltando heavy metal a volume altissimo!

Le note martellanti riempiono l'aria, superando qualsiasi altro suono circostante. Il ritmo incalzante e i bassi potenti mi rimbombano nelle orecchie, irritando i miei sensi. Il momento di tranquillità che avevo cercato di creare per me stessa è andato a farsi benedire.

Possibile che non abbia un minimo di rispetto per nessuno? Siamo in una villa, non in un club.

Sono tentata di spalancare la finestra e urlargli di spegnere la musica, ma decido di trattenermi. Non voglio sembrare mia nonna quando sgridava me e Leo perché da bambini guardavamo i cartoni animati a volume secondo lei troppo alto. Mi limito a fissarlo da dietro al vetro. Se ne sta spaparanzato con gli occhi chiusi e un sorriso beato sulla faccia.

Non lo sopporto. Non riesco nemmeno più a concentrarmi sul cibo.

Dovrei comportarmi da persona adulta quale sono e ignorarlo. E ci provo, sul serio, credetemi. Ma, quando allunga una mano per alzare di un'altra tacca il volume, sento di essere sul punto di esplodere.

Crede di poterla avere vinta così facilmente?

Se vuole fare la guerra a chi sa comportarsi più da stronzo, sono pronta! Non è mica l'unico a essere in grado di dar fastidio al prossimo, cosa pensa?

Dimentica forse che sono cresciuta con un fratello e che certi dispetti erano all'ordine del giorno?

Scendo al piano terra a passo di carica, nemmeno mi fermo a indossare le ciabatte, tanto sono furiosa.

Spalanco con un gesto deciso la porta finestra che conduce all'esterno e irrompo in giardino. - Hai finito di fare il cazzone? - strillo, con quanto fiato ho in gola.

Ma la musica è così ad alto volume che lui nemmeno mi sente. Continua a restarsene spaparanzato dentro la vasca idromassaggio, con le braccia incrociate dietro la testa e i pettorali in bella mostra che affiorano con fare prepotente dal pelo dell'acqua.

Dannazione. Detesto questo comportamento strafottente, però invidio anche la capacità di sentirsi a proprio agio in ogni situazione. Vorrei averla io, non sentirmi costantemente inadeguata o combattuta come adesso, ché non so se mandarlo al diavolo o divorarlo con gli occhi.

Basta cincischiare. Mi sono già resa ridicola a sufficienza per un solo giorno.

Avanzo decisa, pronta a mettere in chiaro che non può comportarsi da idiota in casa altrui. Non gli è bastato allagare la sua villa? Deve per forza fare altri casini con tutti gli idromassaggi di Thunder Bay?

- Brutto zotico - borbotto, mentre i miei piedi nudi calpestano il pavimento piastrellato in basalto nero che circonda la zona relax.

Ricordo ancora l'entusiasmo di Juliet, quando Leo fece sistemare quest'area del giardino per lei. Era un regalo, un modo di dimostrarle affetto. "Anche se presto sarai madre, resterai sempre la mia donna" le aveva scritto in un biglietto che mi era stato mostrato con orgoglio. "E qui faremo in modo di trovare il tempo di ritagliarci un momento tutto per noi."

Al tempo avevo storto la bocca. Non mi entusiasmava l'idea di immaginare mio fratello intento a "godersi un momento intimo" con la mogliettina.

Oggi mi si stringe il cuore al pensiero di tutto ciò che questa famiglia ha perso. Forse non erano una coppia perfetta, ma di sicuro erano una coppia felice.

E quel troglodita di LeBlanc non ha il diritto di profanare questo luogo con la sua musica chiassosa e la sua sfacciataggine.

Non doveva provocarmi toccando un tasto tanto sensibile.

Arrivo di fronte alla vasca da esterno, un vero gioiello di eleganza e lusso realizzato in legno locale. Ho sempre apprezzato l'uso del larice, il colore chiaro conferisce all'insieme un tocco rustico ma moderno e si fonde perfettamente con la natura circostante, creando un'atmosfera rilassante e accogliente, per nulla pacchiana. La scelta del legno tipico del Canada aggiunge un tocco di carattere a quella che, altrimenti, sarebbe una zona relax classica, di quelle che puoi trovare ovunque.

Posizionato in maniera strategica in un angolo del giardino, l'idromassaggio offre una vista incantevole sulla natura circostante, un perfetto mix di alberi selvaggi che proseguono verso il bosco e di prato rigoglioso e curato alla perfezione. Per quanto mi riguarda, il giardiniere che Léonard ha assunto è un genio.

Ma a catalizzare tutta la mia attenzione, al momento, sono la vasca e il suo occupante.

La pozza è spaziosa e invitante, circondata da sedute ergonomiche e da comodi poggiatesta che consentono di rilassarsi.

È stata pensata per sei persone, quindi Jax può tranquillamente starsene spaparanzato, immerso nelle bolle che lo coccolano e gli accarezzano i muscoli.

Deglutisco.

Maledetto, è una visione erotica in tutto e per tutto.

- Se non abbassi il volume, i vicini finiranno per chiamare la polizia! - esclamo, mentre poso le mani sui fianchi e proseguo nel tentativo di non farmi distrarre dai suoi pettorali.

Lui mi rivolge un sorriso pigro, quello di un gatto che finge di dormire ma in realtà non perde di vista il topolino che ha deciso di catturare. Indica con un dito il proprio orecchio, come a lasciar intendere che non riesce a sentire le mie parole.

Che buffone. La musica è alta, ma non così tanto.

E va bene: a mali estremi, estremi rimedi.

Sbuffo e mi dirigo spedita verso il bordo della vasca, decisa a raggiungere il controller dell'impianto stereo inserito nel piano di legno posto accanto alle testiere.

Solo che il mio impeto non ha tenuto conto del fatto che la superficie di porfido su cui sto camminando sia bagnata dagli spruzzi e resa scivolosa dall'umidità.

Il piede nudo perde di aderenza e slitto in maniera ridicola. È come se potessi vedere me stessa al rallentatore, in uno di quei video che trasmettono nei programmi in cui le persone fanno assurde figuracce e si sente in sottofondo la claque di risate registrate.

E poi il tempo inizia a scorrere rapidissimo e in un attimo, prima che io abbia il tempo di fare qualcosa di più intelligente che mulinare le braccia in aria, mi ritrovo dentro l'idromassaggio e inizio ad affondare tra le bollicine.

Per un terribile momento non so più quale sia il sopra e quale il sotto e ingollo una boccata di acqua.

Poi, per fortuna, vengo afferrata per le ascelle e riportata dritta. Mi ritrovo con la testa sopra la superficie, i capelli grondanti e un'atavica fame di aria che mi spinge a respirare con la bocca aperta.

Tossisco e sputo, nel tentativo di tornare padrona dei miei polmoni, e impiego qualche istante per rendermi conto che il frastuono infernale della musica è cessato. LeBlanc deve aver deciso di spegnerla per godersi al meglio lo spettacolo dei miei rantoli.

- Credevo volessi uccidere me, Miss Stress, non suicidarti per la disperazione.

Il tono non è derisorio come ci si potrebbe aspettare. Contiene anzi un certo divertimento misto a dolcezza.

Ma non mi faccio fregare. Questo qui mi prenderà in giro per il resto della mia vita per questa gaffe.

Come se non avesse avuto già sufficiente materiale per ricattarmi dopo l'interludio nello sgabuzzino.

Apro la bocca per insultarlo, ma vengo colta da un nuovo accesso di tosse.

Jax, paziente, mi dà una serie di leggere pacche sulla schiena, in modo da aiutarmi o forse, semplicemente, per mostrarmi conforto.

Perché non infierisce? Sarebbe l'occasione perfetta. Invece la sua gentilezza mi costringe a dubitare dell'opportunità di odiarlo.

- Va meglio? - chiede, dopo che mi sono ripresa a sufficienza.

Annuisco, ma non ne sono sicura. Provo uno strano insieme di sensazioni, immersa con lui tra le bolle. Imbarazzo, certo, ma anche un calore che non ha niente a che vedere con la temperatura dell'acqua.

Credo di essermi messa nei guai da sola. I miei tentativi di stare lontana da Jax mi hanno condotta dritta tra le sue braccia.

Arrossisco come una stupida, perché lui mi sta ancora vicino. Troppo vicino.

- Okay, il tuo lavoro di soccorso è concluso - borbotto, mentre abbasso lo sguardo sulle bolle, nel tentativo di evitare di guardare sia i suoi muscoli sia i suoi occhi penetranti. - Puoi spostarti più in là. Anzi, dammi una mano a uscire se non ti dispiace.

Allungo una mano in modo che lui possa obbedire alla mia richiesta. Però proprio in quel momento le bolle si acquietano: il timer dell'idromassaggio deve essere scaduto e la superficie della vasca torna liscia e placida.

- Cazzo!

Un'esclamazione davvero calzante, visto che LeBlanc non indossa nessun costume da bagno.

Nella mia immaginazione, l'acqua sembra diventare bollente di colpo e io mi trasformo in una stupida aragosta. Di certo il mio viso assume lo stesso colore del crostaceo e perfino il gridolino che mi esce dalle labbra è identico.

Resto paralizzata, incapace di distogliere lo sguardo. È ben messo, il ragazzo. Cioè, lo supponevo dopo i nostri sfregamenti al palazzetto, però è anche meglio del previsto.

E, che il Cielo mi aiuti, il fatto che io lo stia guardando pare non dargli nessun fastidio. Anzi, ho la matematica certezza che gli piaccia.

- Sì, mi eccita vedere una donna che apprezza la mia mercanzia - ammette infatti, con una voce così suadente da essere illegale.

Muove un passo verso di me. Le dita che avevo teso perché mi aiutasse ad andarmene entrano in contatto con l'erezione prepotente.

Balzo all'indietro, finendo per accomodarmi in una delle sedute imbottite.

LeBlanc distende le labbra in un sorriso pigro, assolutamente peccaminoso. - Non lo sai, Camille? L'unico modo per liberarsi da una tentazione è cedervi.

Ha ragione? Se finalmente scopassimo e dessimo libero sfogo ai nostri desideri repressi, poi riuscirei a togliermelo dalla testa? Sarei libera da questa ossessione nei suoi confronti?

Resto in silenzio e lui avanza ancora. Divarica le gambe fino a trovarsi quasi a cavalcioni su di me, posa le mani sulla testiera ai lati del mio viso.

- Vuoi che me ne vada? - chiede, il sussurro caldo sfiora il mio orecchio facendomi scendere un brivido lungo la schiena.

È un dannato manipolatore, il suo corpo impone la propria presenza con un'arroganza senza pari, mentre le sue parole mi concedono l'illusione di avere una scelta.

È pronto a divorarmi e si concede perfino il lusso di costringermi ad ammettere che non desidero altro. Aspetta il mio consenso.

So che non dovrei farlo, che me ne pentirò. Ma ci sono cose contro cui è impossibile lottare. Tenermi lontana da Jax è impossibile, sarebbe come pretendere di vincere la gravità con la mera forza di volontà. Mi sento attratta da lui oltre ogni logica, contro ogni buon senso. Ho bisogno di sentire di nuovo la sua lingua contro la mia, di toccare la sua pelle.

Non importa se il cervello dice di non volerlo, perché il corpo urla che morirà se non sarà suo.

Così mi ritrovo a scuotere la testa.

No, non voglio che si allontani.

Si china su di me con sicurezza, di più, con un'attitudine così naturale da dare l'impressione che tra noi esista un'intesa profonda. In un istante non siamo più due entità separate, due persone che non hanno nulla in comune e che, anzi, si sono trovate in contrasto su ogni aspetto della vita. Ci siamo trasformati in qualcosa di diverso, di opposto.

È come se i nostri corpi si capissero e si cercassero, come se parlassero una lingua che le nostre teste non sono in grado di capire. A livello cosciente io e LeBlanc siamo del tutto incompatibili, diversi come il giorno e la notte. Ma, da un punto di vista fisico, la chimica tra noi è innegabile, un'alchimia in grado di tramutare il piombo dei nostri pensieri nell'oro delle nostre sensazioni.

La sua bocca cattura la mia e le nostre lingue riprendono a duellare, portando avanti ciò che abbiamo lasciato in sospeso questo pomeriggio.

Non ho più intenzione di mentire, né ragioni per farlo, quindi smetto di fare la sostenuta e infilo le dita tra i suoi capelli. Sono morbidi, perfetti per essere strattonati nell'impeto della passione.

È quello che faccio, mentre lo attiro più vicino.

Sono prigioniera della gabbia di lussuria costituita dalle sue braccia che mi circondano e dal suo petto forte che sta di fronte. E non vorrei trovarmi in nessun altro luogo.

Il bacio è diventato feroce. È evidente che Jax stia cercando, se non di farmela pagare per prima, almeno di portarmi a una resa totale. Mi divora e poi rallenta, creando un languore nostalgico che mi spinge a stuzzicarlo per averne ancora. Mi sfiora e poi si ritrae, obbligandomi a inseguirlo.

Non gli è bastato obbligarmi ad ammettere di non volermene andare, è deciso a farsi desiderare e a portarmi a riconoscere di voler essere sua.

Forse me lo merito, dopo che l'ho lasciato sul più bello. Non posso dargli torto, se intende ripagarmi costringendomi a deporre la maschera.

Perché sì, dannazione, la pura e semplice verità è che io lo desidero da impazzire.

Un gemito di frustrazione mi sfugge, quando lui si tira indietro e stacca le labbra dalle mie.

Ma si tratta solo di un istante. Subito sento le sue mani sui fianchi e vengo sollevata. Prima che possa protestare, le nostre posizioni sono invertite. Lui ha preso posto in una delle sedute e mi ha tirata in braccio a sé.

- Spogliati - ordina, in un sussurro imperioso, mentre mi lecca la clavicola.

Sfilo la maglia bagnata con un solo gesto, mentre mi sistemo a cavalcioni su di lui. Senza pudore, sfrego l'inguine coperto dai leggings contro la sua erezione.

Dio, è duro come il marmo. Un guizzo di anticipazione mi riverbera nel ventre.

Il respiro gli si spezza per un attimo, ma non sembra intenzionato a rinunciare a guidare il gioco.

Con tocco esperto, slaccia il gancetto del mio reggiseno e se ne libera.

Ricordo fin troppo bene cosa può fare la sua lingua, quindi inarco la schiena per lasciare che si dedichi ai miei seni.

Prende in bocca la punta del destro, mentre palpa l'altro con gesti lenti.

Cazzo, sarà uno stronzo, ma in queste situazioni è davvero capace di farsi perdonare.

Avverto il piacere strisciare dai capezzoli fino alla radice della spina dorsale, lo sento riverberare in ogni fibra del mio corpo. E, mentre schiudo le labbra per esalare un sospiro lussurioso, mi accorgo di volere di più.

I preliminari sono sopravvalutati. Se non mi prende subito, potrei morire.

Faccio scendere la mano tra i nostri inguini e lo sfioro. È caldo e teso.

Avvolgo le dita intorno alla sua erezione, in una carezza che costringe LeBlanc ad annaspare.

Non smetto. Mi muovo lenta, dalla radice verso la punta, indugio nei punti sensibili. Poi aumento il ritmo, adeguandomi a quello con cui lui mi lecca e titilla.

È davvero pazzesco quanto riusciamo a essere in sintonia, come se stessimo eseguendo una danza proibita e segreta.

- Basta, mi stai facendo impazzire.

Un sorriso di vittoria mi stende le labbra. "Ti ho in pugno, cazzone" penso, in senso quanto mai letterale. E faccio scorrere di nuovo le dita sulla pelle liscia.

Intendeva portarmi a implorarlo di essere scopata, ma suppongo di aver ristabilito la parità.

Jax mi prende tra le braccia e si alza, sollevandomi oltre il pelo dell'acqua e facendomi perdere la presa.

Non capisco le sue intenzioni finché non mi ritrovo seduta sul legno che circonda la vasca e non lo sento armeggiare per sfilarmi i leggings dalle anche.

- Che stai facendo? - protesto, mentre cerco di fermarlo.

Porca puttana.

Se fossi una di quelle che, quando fanno sesso, si lasciano andare alle parolacce, questo sarebbe il mio commento.

Perché la bravura di questo qui non si può descrivere. È... Diamine, è appassionato, affamato, esigente.

Vuole farmi godere, ma è palese che il cunnilingus porti alle stelle anche lui.

Jax LeBlanc non è uno di quelli che ti leccano per dovere, per convincerti magari a ricambiare il favore. A lui questa cosa piace proprio.

Mi stuzzica, alterna il ritmo, si insinua. È attento a cogliere le sfumature dei miei sospiri in modo da adeguare quello che sta facendo a ciò che voglio. Anche se, a essere onesta, tutto quello che voglio è che non smetta.

Avverto le sue dita che mi artigliano le cosce per tenermi ferma e il gesto possessivo mi eccita ancora di più.

Mi mordo un labbro per non urlare e perdere l'ultimo brandello di dignità, ma non posso impedirmi di muovere le anche per averne di più.

E poi non resisto: raggiungo il picco e vengo travolta da un'onda di godimento così intenso da stordire.

Fremo sulla sua bocca, che si muove più lenta, quasi dolce, e mi accompagna finché l'orgasmo non si è del tutto spento.

Santo. Cielo.

Mi lascio andare, del tutto priva di forze, piacevolmente molle, e mi trovo sdraiata sulla schiena.

Sto ancora fluttuando nell'irrealtà, quando Jax si issa oltre il bordo della vasca. Incombe su di me, bello come un dio greco e decisamente eccitato.

- Lettino? - chiede solo, indicando le sdraio poste poco lontano.

Ma io scuoto la testa. Non sono certa che le gambe mi reggerebbero e non posso davvero aspettare oltre: voglio che mi prenda qui, sul pavimento di porfido che circonda l'idromassaggio.

La mia impazienza sembra trovare perfetta rispondenza nella sua espressione, quasi feroce.

Con una falcata raggiunge i jeans che aveva abbandonato poco distante, prende dalla tasca un quadratino metallico e lo strappa con i denti.

Infila il preservativo con gesti prepotenti, mentre mi fissa. Sa che non sono in grado di distogliere lo sguardo dalla sua erezione e che mi piace vederlo mentre si prepara a prendermi.

Guidata da un istinto primordiale, mi ritrovo a divaricare le gambe per accoglierlo.
Senza ulteriori indugi, lui si sdraia su di me. È deciso, privo di dubbi, mentre io invece vengo a un tratto assalita da una miriade di pensieri.
E se i signori Woods, gli anziani vicini di Leo, si affacciassero in questo momento? Certo, è improbabile, dato che a causa degli acciacchi raramente salgono fino alla soffitta, l'unico punto da cui è visibile la nostra zona relax. Però non è neppure un'eventualità da escludere, soprattutto dato il casino che c'è stato fino a un attimo fa con la musica heavy metal.
Forse dovrei fermare LeBlanc, convincerlo a rientrare in casa per farlo in modo più discreto. Più normale.
"Ma davvero sarebbe normale, per te, accoppiarti con questo qui? Dovresti fermarlo e basta."
Corrugo la fronte. La mia coscienza è davvero, davvero noiosa. Possibile che io mi sia ridotta in questo modo? Ad avere pensieri bigotti e a comportarmi come un insopportabile grillo parlante?
In un lampo, mi tornano alla mente le carte che ha estratto per me Demeter. Ho davvero bisogno di un lampo di gioia, di irresponsabilità assoluta.

E nessuno meglio di Jax è in grado di offrirmelo.
Prende di nuovo possesso della mia bocca e il bacio diventa all'istante umido e profondo. La sua lingua mi invade e, subito dopo, anche lui affonda in me con un unico movimento deciso.
Il respiro mi si mozza, spalanco la bocca in cerca d'aria, ma lui non mi dà tregua.
Spinge e cerca le mie labbra, mentre con la mano mi solleva una coscia. Palpa, avido, e mi costringe ad aprirmi maggiormente alla sua invasione.
Non è gentile, né dolce, eppure mi sento davvero coinvolta. Non vorrei che si comportasse in maniera diversa da così.
Non sarebbe nella sua natura e, a essere onesti, neppure nella mia. Tra di noi non c'è un legame di tenerezza, quindi sarebbe ipocrita fingerlo. Meglio godersi fino in fondo il lato selvaggio dell'attrazione che ci ha portati a compiere questa follia.
Voglio sentirlo dentro di me, con tutto l'impeto possibile. Da parte mia, sono così pronta da poterlo accogliere senza freni.
Di nuovo, mi mordo un labbro per non urlare. Diavolo, non credo di essere mai stata così su di giri in tutta la mia vita!
A ogni spinta sento crescere il piacere, in una spirale che mi ottunde i pensieri e mi porta verso l'alto.
E poi la vista ha un black out, annientata da un lampo di luce che crea scintille sotto le mie palpebre, che chiudo per gustare appieno il momento.
Jax rallenta, i colpi diventano sensuali e sinuosi. Si sta godendo i tremiti che mi scuotono, anche se tengo gli occhi serrati posso immaginare il sorriso compiaciuto che gli si è dipinto in faccia, quello di un maschio che è riuscito a portare all'orgasmo la propria conquista. Per la seconda volta.
Dio, quanto detesto la sua presunzione. Anche se devo ammettere che non ha tutti i torti a gongolare. È davvero un mago del sesso.
Sono ancora intontita dal piacere, quando lo sento sfilarsi da me.
Sbatto le palpebre, incerta.

- Ti voglio sopra - comanda, con una voce roca che invia un guizzo al mio ventre.
E in un attimo siamo di nuovo uniti, lo cavalco posando le mani sul suo petto.
Porca vacca, è proprio un figo. Ha dei muscoli perfetti, cesellati ma non eccessivi. Due occhi luminosi e pieni di segreti, capaci di promettere il peccato solo con uno sguardo.
È l'esemplare perfetto con cui commettere una sciocchezza. Il compagno ideale per compiere un errore.
Mi attira a sé, facendomi scendere un po' con il busto. Poi si solleva quel tanto che basta per prendermi un seno con la mano e portarselo alla bocca. Succhia e spinge, lecca e mi fa sua.
E io vengo di nuovo travolta dal desiderio, muovo il bacino per assecondarlo, in un ritmo sempre più frenetico che ci porta a finire avvinghiati e sudati, preda di una passione sconvolgente.
Sì, sconvolgente è proprio il termine adatto. Non credo di essermi mai sentita in questo modo, prima. Come se la realtà intorno a me non avesse più importanza, come se il futuro non esistesse e il passato fosse privo di significato.
Viene anche lui, un'espressione feroce e soddisfatta gli distorce il viso mentre geme un "Cazzo, sì!"
Resto a guardarlo abbassare le palpebre, mettere da parte le maschere e cercare di calmare il respiro affannato.
Di nuovo mi ritrovo a pensare che è bello sul serio, ma questa volta la constatazione è venata di una dolcezza che non mi piace e che cerco subito di scacciare.
No, non posso abbassare la guardia. Non posso nutrire pensieri teneri verso questo tipo.
Sarebbe un vero disastro, persino peggiore che aver condiviso con lui il miglior sesso della storia.
Senza attendere oltre, sfilo il suo coso da me, decisa a spezzare lo strano incantesimo che ci ha uniti.
Colto di sorpresa, lui riapre le palpebre. Posso sentire che mi sta fissando, ma non ho nessuna intenzione di incontrare il suo

sguardo.
- Allora...
Non ho idea di come finire la frase che ho iniziato, né di come evitare l'imbarazzo che inizia ad assalirmi. Vorrei solo fuggire via, senza neppure raccogliere i leggins e la maglia di cui mi sono liberata in preda a questo raptus di pazzia.
Con la coda dell'occhio, lo vedo tirarsi a sedere. Avvicina le ginocchia al petto e appoggia le braccia su di esse. - Allora dammi almeno il tempo di sfilare il preservativo, prima di tagliare la corda. Un minimo di *savoir faire* è d'obbligo, ti pare?
Avvampo, perché è ovvio che abbia ragione. Sarebbe la seconda volta di fila che lo pianto in asso senza una scusa o un accenno di grazia.
- Sì, cioè... - balbetto, mentre mi stringo le braccia attorno al seno, in un impeto di pudore quanto mai tardivo. - Voglio dire, fai pure.

Sono certa che stia sogghignando.

- È solo che queste cose non fanno per me. Io non sono così, non sono tipo da una botta e via. E quindi non ho idea di come ci si comporti dopo.

Facile per lui giudicare, deve essere abituato a saltare da un letto all'altro e a scaricare senza troppi problemi le avventure di una notte. Avrà studiato mille metodi efficaci.

- Non ti preoccupare, guarda che l'ho capito.

Il suo tono, stranamente dolce, mi obbliga a sollevare lo sguardo e a decidermi a fronteggiarlo.

- Cosa intendi dire?

Fa spallucce. - Che mi è chiaro tu non sia una da una botta e via.

Un calore piacevole mi si diffonde nello stomaco. Forse, dopotutto, sarà possibile affrontare questa cosa in modo sereno, da persone adulte.

- Insomma, è ovvio - prosegue Jax. - Infatti con me è già la seconda volta che fai porcate.

Brutto troglodita.

Mi alzo in piedi di scatto. - Ti ringrazio per avermi offerto la motivazione perfetta per andarmene. Sei utile solo per un momento di svago, e tollerabile soltanto finché tieni la bocca chiusa!

Alza gli occhi al cielo. - Non avrei potuto leccarti a dovere senza aprire la bocca, Miss Stress. Ricordalo.

Sbuffo, frustrata, e gli volto le spalle per rientrare in casa. È inutile che mi rammenti quanto mi ha fatto godere, dubito che sarò mai in grado di dimenticarlo.

Dannazione a LeBlanc, completo stronzo e perfetto dio del sesso.

- Ti odio! - sbotto, raccogliendo i leggings e battendo in ritirata.

- Buonanotte anche a te, Camille - ribatte, allegro.

Lo sento ancora ridere mentre mi rintano in casa e mi chiudo alle spalle la porta finestra.

Sospiro e appoggio la testa contro il vetro.

Mio Dio. Come può questa essere stata contemporaneamente la notte peggiore e migliore della mia vita?

JAX

- Cavoli, amico, hai una faccia tremenda. L'hamburger di *Smitty's* era avariato?

La mia è chiaramente una tattica: ho deciso di porre a Leo una domanda non appena ha messo un piede in cucina, in modo da impedirgli di chiedere lui qualcosa. Voglio evitare che indaghi sulle mie attività di ieri sera, perché mi rendo conto che essermi scopato sua sorella - in maniera selvaggia e con grande soddisfazione - non sia proprio il massimo della correttezza.

Sì, sono consapevole di aver pensato il contrario, mentre ero nello sgabuzzino. Però sapete che mentivo.

- Credo di aver preso freddo o di essermi beccato un virus ieri al palazzetto - borbotta il mio amico, sedendosi al tavolo dopo essersi versato una tazza di caffè.

Annuisco, preso più dai miei pensieri che dal dispiacere per il suo raffreddore.

- È proprio una grossa sfortuna - continua però Leo. - Avevo promesso alla famiglia che avrei accompagnato tutti alla Marina. - Si soffia il naso in maniera piuttosto rumorosa. - Ci tenevo soprattutto per Camille. Durante le selezioni del Lacrosse, non l'ho degnata nemmeno di uno sguardo e ieri sera l'abbiamo abbandonata per andare a mangiare hamburger. Poveretta, si sarà annoiata terribilmente, da sola tutto il giorno.

Borbotto qualcosa in segno di assenso e ripenso con un guizzo di colpevolezza e piacere a tutta la compagnia che ho tenuto ieri alla sua sorellina.

Di sicuro oggi mi eviterà tutto il tempo, se la conosco. Fingerà di non conoscermi nemmeno e tornerà a indossare la maschera di Miss Stress.

Morirebbe piuttosto che ammettere davanti ai suoi familiari di trovarmi un essere umano anche solo decente.

Ed è in questo momento, mentre Bouchard tossisce e fissa la tazza del caffè con occhi lucidi, che capisco cosa devo fare.

È una specie di illuminazione, la soluzione perfetta per mettere in trappola la mia preda.

- Potrei accompagnare io tutti a fare un giro - dico con nonchalance, come se non avessi nessun secondo fine.

Il mio amico solleva lo sguardo. È sinceramente stupito e non mi sorprende: non sono esattamente il tipo di persona da attività in famiglia.

- Sei sicuro? Gestire un paio di ragazzini esagitati può diventare piuttosto impegnativo.

- Figurati - replico, alzando le spalle e pensando che sarà più difficile avere a che fare con la loro sexy zia. - È il minimo che io possa fare per ringraziarvi dell'ospitalità.

Non sembra ancora del tutto convinto, perciò parto con la tattica definitiva. Non appena sento lo scalpiccio dei passi del più piccoletto della casa, mi affretto ad alzarmi per accoglierlo. - Ehi, nano, ti andrebbe di andare in città con lo zio Jax?

Cody, che non ha tutte le remore del padre e non conosce la mia cattiva fama con i bambini, annuisce entusiasta e allunga le braccine.

Non sono preparato a questo, ma non trovo scuse per tirarmi indietro e perciò cedo.

Entrando in cucina, Camille ci sorprende così, mentre io lo tengo in braccio e lui ride per qualche sciocchezza che ho detto.

L'immagine perfetta che volevo offrire, un quadretto degno della pubblicità.

Resta stranita, tanto da sbattere le palpebre un paio di volte. Cos'è, non è sicura che io sia in grado di occuparmi di un marmocchio? Vorrei dirle che sono più che qualificato, essendo rimasto infantile a mia volta. Ma mi limito a sfoderare un sorriso sciogli mutandine, perché la sto sfidando già a sufficienza.

Infatti la vedo arrossire e distogliere lo sguardo, salvata dall'ingresso del nipote più grande.

- Buongiorno, Lewis - gli dice, stranamente formale. - Pronto per il nostro giretto?

- Io sì! - interviene Cody, agitandosi come un'anguilla entusiasta tra le mie braccia. - Sapete che ci accompagnerà lo zio invece che il papà?

Noto il pallore improvviso di Camille, l'occhiata di accusa che lancia in direzione di suo fratello, convinta che dobbiamo esserci messi d'accordo con losche intenzioni. Ma poi la sua espressione cambia in maniera repentina. Deve essersi resa conto della faccia sfatta di Leo.

- Ehi, che ti succede?

Mentre viene aggiornata sulle condizioni di salute e si scambiano alcuni convenevoli, ne approfitto per guardarla di sottecchi.

È già vestita di tutto punto, nello stile casual ma seducente che la contraddistingue. Non riesco a capire come faccia, eppure è in grado di indossare un maglione accollato senza far dimenticare le splendide tette che ha.

Chissà se indossa ancora un reggiseno di pizzo e raso, come ieri al Palazzetto dello Sport.

- Vero, zio?

Cody sta reclamando la mia attenzione, anche se non ho la più pallida idea di cosa mi abbia appena chiesto.

- Mm, credo che dovresti chiedere a Camille - rispondo, diplomatico. - È lei il capo della nostra spedizione, io mi limito a scortarvi.

L'espressione che ricevo in cambio di questa frase mi offre la giusta ricompensa: Miss Stress sembra ancora dubbiosa sulla mia buona fede, però si ammorbidisce e rilassa le spalle.

Ottimo. Metterla a proprio agio è il primo passo verso la realizzazione dei miei progetti.

Un'energia contagiosa aleggia nell'aria. È domenica, ed è tempo di *Winter Fundays*.

Di cosa si tratta? So che ve lo state domandando. Ve lo spiego subito. Questo evento dal nome curioso è un momento di connessione con la comunità di Thunder Bay, una celebrazione della stagione invernale e delle tradizioni locali.

Tutta la città fino alla Marina partecipa con stand e attività. Ci sono numerosi info point che forniscono informazioni sulle attrazioni locali, mappe, guide turistiche e tutte le attività ricreative offerte per intrattenere i visitatori. È un'occasione per scoprire talenti, riunirsi con amici e familiari e lasciarsi trasportare dalla magia dell'inverno.

Vi sembro uno sciocco romantico? È solo perché non siete mai stati qui, altrimenti sareste preda del mio stesso entusiasmo.

- Non mi sono resa conto di quanto mi piacesse fare parte della gente di questa città fino a che non me ne sono andata. Eventi come questo mi sono proprio mancati.

Visto? Anche Camille è del mio stesso parere. Miss Stress sembra essersi trasformata in una ragazzina piena di gioia. E il sorriso le dona.

- Quindi non hai nostalgia di Edmonton e dell'Alberta?

Fa spallucce. – Delle lezioni, sì. Quelle mi mancano. Però... Non saprei come spiegarlo, ma tutta la voglia di fuggire da una piccola città è evaporata. Da quando ho fatto ritorno a Thunder Bay, ho riscoperto il piacere delle piccole cose.

Vorrei approfondire l'argomento, ma lei glissa e si rivolge ai bambini.

- Avete fatto attenzione ai colori che adornano le strade? - la sento spiegare ai bambini. - Il blu ghiaccio evoca la freschezza e la serenità dei paesaggi innevati, il verde pino richiama i sempreverdi che caratterizzano la nostra regione e c'è anche un po' di rosso, perché dopotutto il periodo delle Feste sta arrivando ed è il momento più gioioso dell'anno.

Cody e Lewis l'ascoltano ammirati. In realtà anche a me piace sentirla parlare, quando non fa la stronza penso che potremmo anche essere capaci di intavolare una conversazione cortese. Magari seguita da una sana scopata.

Il Festival oggi ha un fascino ancora più speciale, dato che ormai incombe il giorno del Ringraziamento, che da noi in Canada si celebra a metà ottobre anziché a novembre come negli States. Alle strade già decorate per celebrare l'inverno, si aggiungono dettagli autunnali e decorazioni che rendono l'atmosfera ancora più accogliente.

Qualcuno si è preso la briga di addobbare gli alberi intorno al luogo dell'evento con ghirlande di foglie d'acero dai toni caldi dell'arancione, del rosso e del giallo. Intrecci di fiori secchi e fiocchi dai colori terrosi aggiungono un tocco di rusticità e richiamano l'atmosfera delle festività.

I mercatini e le bancarelle offrono prodotti tipici, come zucche e decorazioni autunnali per la casa. Ci sono anche stand gastronomici che propongono alcune delle mie prelibatezze tradizionali preferite, come tacchini arrosto, purea di patate, salsa al mirtillo e Canadian Butter tart. Qui si assapora sul serio il gusto della stagione.

- Qual è il programma? - mi intrometto. - Provare un po' di hockey su ghiaccio? Pattinaggio? Slittini?

- In realtà pensavo a qualcosa di diverso.

Ecco, le è tornata l'aria da maestrina. E a me è venuta voglia di sculacciarla.

- Oggi è previsto un laboratorio creativo dove i ragazzi possono dare libero sfogo alla loro fantasia e creare oggetti a tema utilizzando materiali riciclati. – Prende un respiro profondo. - Credo che Cody e Lewis debbano iscriversi. Di sport ne hanno avuto abbastanza, in questi giorni, mentre un po' di educazione ambientale calzerebbe a pennello affinché possano sviluppare un sano senso di responsabilità verso il nostro pianeta. Tra l'altro impareranno a realizzare decorazioni autunnali, con disegni di foglie d'acero. E alla fine ci sarà l'immancabile gara di intaglio delle zucche.

Potreste stupirvi di quanto io - un maschio sportivo e poco noto per avere un lato sensibile - sia in realtà interessato al tema del cambiamento climatico. La Terra è la nostra casa ed è stupido fingere che possiamo continuare per sempre a sfruttarla e maltrattarla senza conseguenze.

- Buona idea - commento quindi. - Ragazzi, siete pronti a divertirvi?

Mi guardano tutti con sorpresa.

- Non ribatti? Non vuoi contraddirmi? - chiede Camille.

- E perché? È una questione statistica: su qualcosa dovremo pur essere d'accordo. E oggi è il giorno che ci vede dalla stessa parte. - Mi volto verso i nani. - Sempre che a voi vada bene.

Cody fa spallucce, come a dire che per lui è okay. Lewis sembra decisamente più entusiasta e annuisce con vigore. Mi tende perfino la mano, in modo che io la prenda per accompagnarlo.

Non mi faccio pregare, più che altro per dare uno smacco ulteriore a Miss Stress.

Lasciamo i ragazzi insieme agli altri, sotto la tutela attenta di una educatrice.

E ci ritroviamo soli.

Mi chiedo se ci sarà un momento di imbarazzo o se Camille cercherà un modo di tagliare la corda per non restare con me faccia a faccia.

Invece la vedo sistemarsi una ciocca di capelli dietro l'orecchio. È nervosa, ma avanza una proposta.

- Mentre i bambini sono al laboratorio potremmo andare a cercare lo stand del *Croissant Cove*. Torniamo verso la zona gastronomica, è qui vicino e riusciremo comunque a tenerli d'occhio. Sono curiosa di vedere cosa avrà preparato Demeter.

Di cosa sta parlando? Questo covo delle brioches per me è una faccenda sconosciuta. Così annuisco mentre l'ascolto. Ma lei si accorge che non ho capito un accidenti.

- Non conosci il *Croissant Cove*?

- Dovrei?

- Certo che sì! Qui a Thunder Bay è un punto di riferimento per gli amanti del caffè e dei dolci artigianali. È stato fondato da una mia amica. Vieni, andiamo.

Lo stand di Demeter agli *Winter Fundays* è un'accogliente oasi culinaria di profumi invitanti e di delizie irresistibili.

Sfiziosi cartelli mostrano le proposte del giorno: un'ampia selezione di croissant, torte, biscotti e altre prelibatezze. Il profumo di caffè aromatico appena macinato si diffonde nell'aria, attirando un sacco di gente. È uno dei luoghi più affollati.

Sullo scaffale principale, sono esposte le brioches. Ci sono varie opzioni disponibili, dalle classiche varianti al burro e alle mandorle fino a gusti più audaci come cannella e pistacchio.

Ci sono anche delle torte: una al cioccolato fondente con glassa lucida, un'altra di fragole e crema con una cascata di frutta fresca, e infine una al limone con glassatura zuccherina.

- Oh, ma guarda chi è passato a trovarmi!

L'esclamazione è formulata da una voce dolce quanto i croissant esposti, che contiene però un tocco di insinuazione. Scommetto quello che volete che Camille ha parlato di me con questa ragazza.

- Abbiamo portato Cody e Lewis a fare un'attività e mi sono detta che era l'occasione perfetta per venire a farti un saluto.

- Brava. - Parla con lei, ma è me che squadra con attenzione. Mi sento vagamente sotto esame davanti allo sguardo della pasticcera. - Vedo che stai seguendo il consiglio degli arcani di prenderti del tempo per te.

Cerco di non mostrare lo stupore. Chi sarebbero questi arcani?

- Sì, be', ma parliamo di te - balbetta Miss Stress, decisa a cambiare discorso. - Come procedono le cose con lo stand?

- Oh, tutto bene. Ci sono stati parecchi clienti, ma più che altro a me interessa far conoscere il locale alle persone che non l'hanno mai frequentato. - Torna a scrutarmi. - Tu, per esempio, non ci hai mai messo piede.

Pare un'accusa e non ho idea di come dire la verità, cioè che noi giocatori di Lacrosse siamo più tipi da pub che da caffetteria, senza risultare antipatico.

- Fammi assaggiare qualche delizia e potrei cambiare le mie abitudini - glisso quindi, sganciando un sorriso paraculo.

- Guarda che non è su di me che devi usare il tuo potere - ribatte, mentre ci porge una fetta a testa di torta al cioccolato dal profumo incredibile. - Ti conviene tenerlo tutto per sedurre la mia amica.

A Miss Stress il boccone va di traverso. Inizia a tossire ed è costretta a piegarsi in due. Le assesto qualche pacca sulla schiena, poco convinto, incerto sul da farsi.

Chi l'avrebbe detto che la gita si sarebbe rivelata così interessante. Questa Demi è una forza della natura.

- Non ti preoccupare, non sarai costretto a farle la respirazione bocca a bocca - la sento commentare, non appena l'altra riprende fiato. - E non intendevo niente di sessuale, prima. Volevo solo chiarire che a Camille non vai troppo a genio, quindi ti conviene concentrarti sull'essere carino con lei.

Ah, quindi hanno parlato di me.

Molto bene.

Cioè, è ovvio che non si sia trattato di una conversazione lusinghiera nei miei confronti ma, ehi, significa che la sorellina di Leo non riesce a fare a meno di pensare a me.

- D'altronde - riprende Demeter, e questa volta il suo sguardo è davvero penetrante. - Il fatto che abbiate colto un'allusione nelle mie parole mi dà molto su cui riflettere. C'è qualcosa che dovrei sapere?

È panico quello che si dipinge sul volto di Camille?

Sogghigno. Sono sicuro che fosse sua intenzione evitarmi tutto il giorno, dopo il sesso stellare che abbiamo condiviso e la maniera non troppo civile in cui ci siamo salutati. Invece non soltanto sono riuscito a incastrarla in questa uscita, ma ho l'occasione di metterla in imbarazzo davanti a una sua amica. La punizione ideale per una ragazza convinta di essere troppo perfetta per me. L'umiliazione definitiva in grado di ripagarmi per averla vista tagliare la corda subito dopo che le avevo regalato una serie di orgasmi.

Aggrotto la fronte. Da quando sono diventato vendicativo? Perché cavolo mi importa quello che pensa di me? Nemmeno io ho la più alta opinione su di lei. La ritengo una ragazzina perbene, troppo presa a criticare gli altri per godersi la vita.

Anche se, a ben guardare, ieri se l'è goduta eccome... E credo che potremmo fare ancora di meglio.

È una stronza saccente, però a letto ha proprio del potenziale. C'è intesa, tra noi, e sono riuscito senza sforzo a risvegliare il suo lato selvaggio.

Basterebbe poco per portarla ancora più in alto, per far emergere i suoi istinti sfrenati.

Ah, perché potete giurarci che ci sono parecchie altre cose che vorrei farle. E altrettante che desidererei mi facesse lei.

Le tipe educate sono sempre le più eccitanti, tra le lenzuola. E lei sicuramente riserva dei segreti...

Il solo pensiero basta a creare una certa tensione nella zona della patta dei jeans. Ma, a frenare il mio entusiasmo e la pronta risposta che sto per dare a Demeter, interviene la vibrazione del cellulare.

È arrivato un messaggio e so chi lo manda.

Vaffanculo.

Digrigno i denti, il mio umore è sceso di colpo.

Ed è così, mentre sono distratto e serro la mascella, che non mi accorgo del tizio che ci sopraggiunge alle spalle.

- Sorpresa! - urla, in un tono così felice da darmi sui nervi all'istante.

Ma è quando raggiunge Camille e la stringe tra le braccia da polipo che inizia seriamente a starmi sul cazzo.

Che diavolo crede di fare?

- Josh?

Il balbettio di Miss Stress somiglia allo squittio di un topolino, mi aiuta a capire che lo conosce e che non si tratta di un maniaco qualsiasi. Deve essere un maniaco ben noto.

- Quel Josh? - interviene Demi, in tono alto e stupefatto. Quindi anche lei lo conosce e io inizio a sentirmi un coglione. - Il tuo fidanzato dell'Alberta?

Come a darle ragione, il tizio si china a baciare Camille. Sulla bocca.

Quasi nemmeno mi accorgo di serrare i pugni, però mi è fin troppo chiaro che, se resto un altro secondo, gliene fracasserò uno contro il muso.

Non sono noto per la pazienza e la tolleranza, né per lasciare che mi si tratti da perfetto idiota.

E, per quanto mi piacerebbe far saltare tutti i denti al fidanzatino dell'Università, non è lui ad avermi preso per il culo.

Sono stato fregato da una tizia che credevo troppo perbene e che invece mi stava usando al posto del vibratore per consolarsi della lontananza del suo boyfriend.

Che grandissima stronza, gente.

Ho appena finito di pensare che quelle perfettine sono le più porche, però non credevo fossero anche le più brave a fare certi giochetti.

Non che me ne freghi di lei, sia chiaro.

Però, dannazione, non avevo finito di divertirmi.

Volto le spalle senza salutare, tanto la mia presenza non mancherà a nessuno.

Come al solito, del resto.

L'unico che non può fare a meno di me è il pezzo di merda che mi minaccia al cellulare. E questo la dice lunga sul mio conto.

CAMILLE

Merda. Merda. Merda.

Che cavolo ci fa qui Josh? Sono così scioccata dal suo arrivo improvviso che non riesco a reagire e a impedirgli di baciarmi.

Per di più Jax mi ha mollata qui e se ne è andato, palesemente incazzato, senza darmi la possibilità di spiegare.

Okay, non gli devo nulla, non è che perché abbiamo scopato allora siamo una coppia. Però, santo cielo, stavamo riuscendo persino ad avere una conversazione normale senza punzecchiarci e finire per litigare...

- Josh - balbetto, liberandomi dalla stretta. - Che sorpresa...

Ho un sorriso tirato sulla faccia mentre metto due passi tra me e lui.

Cosa fareste se vi trovaste al mio posto? Non mi viene in mente nulla di intelligente. Anni di studi di psicologia buttati nel cesso. Così cerco Demi con uno sguardo che implora aiuto.

- Camille, puoi venire un attimo? Ho bisogno di una mano con una faccenda. Scusate se vi interrompo, ma è questione di vita o di morte.

L'adoro. Mi capisce al volo.

- Nessun problema, non vado da nessuna parte. Ti aspetto qui, pulcina.

Questo è uno dei motivi per cui le cose non andavano troppo bene tra noi. Ma lo avete sentito? Cosa avevo nella testa, quando ho deciso di mettermi con uno che mi chiama pulcina?

Mi rifugio dietro lo stand, tallonando Demi come se mi stesse inseguendo un orso.

- Ti ha baciata.

- Sì.

- Jax ha visto tutto.

- Lo so! Josh è fortunato a non essersi ritrovato con un occhio nero. Oddio, quando mi ha sollevata tra le braccia ho temuto che LeBlanc gli spaccasse la faccia. – Mi mordo un'unghia. - Credevo che le nostre strade si fossero separate definitivamente, quando sono tornata qui a Thunder Bay. Che anche lui avesse capito che la nostra relazione era finita.

- Chissenefrega di Josh – mi interrompe Demi. – Parliamo dell'attaccante dei *Gladiators*, piuttosto. Quindi ho ragione. Tra te e lui c'è stato qualcosa. Altrimenti perché avrebbe dovuto reagire così?

Sono certa che la mia faccia racconti nei dettagli ogni mio peccato. Già normalmente sono un libro aperto ma con Demeter, che mi conosce molto bene, è ancora peggio.

In ogni caso le mie labbra resteranno sigillate. Non ho intenzione di raccontare per filo e per segno il modo in cui ho ceduto su tutta la linea, accantonando l'antipatia e i pregiudizi su LeBlanc soltanto per approfittare appieno delle sue doti sessuali.

Che, mannaggia a lui, sono indubbie e piuttosto spiccate.

Devo però aver assunto un'espressione eloquente, perché la mia amica solleva le sopracciglia con stupore. - Capperi. È ancora più bravo di quanto dicono?

Scuoto una mano, decisa a liquidare la faccenda. - Possiamo concentrarci sul problema attuale? Sul mio boyfriend dell'università che si è presentato qui all'improvviso e a cui non so cosa dire?

Lei corruga la fronte. - È per questo che avete stabilito una tregua e stamattina vi trovavate qui come due persone normali anziché come cane e gatto? È tutto merito delle endorfine scatenate dal piacere che lui ti ha regalato?

- Demi! Scorda Jax e concentrati su Josh, per l'amor del cielo!

Sbuffa. - Okay, okay, non ti scaldare. La faccenda con il tizio dell'università è molto semplice, in realtà. So che, quando hai deciso di abbandonare psicologia per tornare a Thunder Bay ad aiutare tuo fratello con i bambini, vi siete presi una pausa.

- Sì - confermo in fretta. - Eravamo d'accordo entrambi che fosse troppo complicato gestire una relazione a distanza e che io dovessi concentrarmi su altre priorità al momento.

- Però magari non eravate proprio sulla stessa lunghezza d'onda. Forse lui ha acconsentito per non metterti ancora più in difficoltà, vista la situazione. Ma è uno di quelli che crede che "prendersi una pausa" significhi davvero "prendersi una pausa" e non "lasciarsi", come di fatto è.

Resto immobile, incapace di spiccicare parola. Possibile che la mia amica abbia ragione? Che, nel tentativo di indorare la pillola a Josh, io abbia invece finito per dargli delle illusioni su un possibile futuro tra noi?

Il fatto è che non mi andava di fargli del male. Non aveva nessuna colpa nella nostra separazione. Se non avessi avuto la necessità di tornare a casa, forse oggi staremmo addirittura ancora insieme.

Mi volto a lanciargli un'occhiata con la coda dell'occhio: è un ragazzo piacente, gentile, intelligente. Mi ha sempre trattata bene.

Certo, non ero disperatamente innamorata di lui. Ma, a essere del tutto onesti, neppure lui doveva esserlo di me. Altrimenti si sarebbe comportato in maniera diversa.

- Non lo sento da due mesi - riferisco a Demi, quasi stessi cercando di dare ragione a me stessa. - Cioè, all'inizio ci siamo sforzati di tenerci in contatto. Ci videochiamavamo quasi tutti i giorni. Ma poco a poco è stato naturale allentare, diradare. Una volta non ho fatto in tempo a rispondere e...

Alzo le spalle, come a sottintendere che è finita così, senza scenate né altro.

Lei solleva un sopracciglio e commenta, pratica come sempre. - Be', essersi sobbarcato un viaggio dall'Alberta fino a qui mi pare più significativo che provare a richiamarti. Se per te si tratta di una storia chiusa, dovresti parlargli con chiarezza ed essere sincera.

È un discorso talmente semplice e onesto da risultare ovvio. Si tratta del tipo di consiglio sensato che io stessa avrei potuto offrire a un'amica che si fosse trovata nella stessa situazione.

Perché diavolo metterlo in pratica risulta allora tanto complicato? Per quale ragione preferirei mettermi a correre e fuggire via senza offrire spiegazioni?

Mugugno e mi lascio scappare un gemito. Quanto vorrei che le persone capissero al volo le situazioni, senza la necessità di affrontare un discorso che finirà con il far male a entrambe le parti.

Diamine, siamo adulti. Possibile che Josh davvero non abbia capito che tra noi le cose si sono spente in maniera naturale?

Certe cose sono evidenti, non c'è bisogno di parlarne.

"Come è palese che tra te e LeBlanc sia nata un'attrazione che non riuscite a nascondere?"

Sospiro.

Cazzo. La situazione mi sta davvero sfuggendo di mano. Perché non posso dare torto alla voce della mia coscienza. La chimica che esiste tra me e il maledetto attaccante dei *Thunder Bay Gladiators* è impossibile da negare.

C'è qualcosa in lui che mi attrae e no, non si tratta solo dei suoi addominali scolpiti o dell'espressione malandrina capace di attorcigliare le viscere.

Jax è più complesso di quanto io voglia ammettere.

Migliore.

Inizio a sospettare che, da qualche parte nel suo profondo, in lui esista del buono.

Oppure sono solo i miei ormoni che hanno preso il sopravvento e pretendono di spingermi a credere che il bulletto di turno nasconda in realtà un lato sensibile.

Vorrei prendermi la testa tra le mani in un teatrale gesto di disperazione.

Per quale dannato motivo non posso sentirmi attratta da Josh tanto quanto lo sono da LeBlanc?

Come mai sto per scaricare in via definitiva un bravissimo ragazzo, rispettoso e con una carriera promettente come medico davanti, per andare poi a rincorrere un giocatore di Lacrosse dedito alle risse e playboy?

Una mano gentile si posa sulla mia spalla. - Coraggio, tesoro. Puoi farcela - sussurra Demi, dolce. - E ti tengo da parte un'altra fetta di torta per dopo, giusto perché avrai bisogno di una buona dose di carboidrati per tirarti su il morale.

Inspiro a fondo, stringo i denti e mi volto. Lei ha ragione: Josh si merita di essere trattato con rispetto. Non mi comporterò da vigliacca.

- Eccomi, sono pronta. Perché non andiamo a prendere un caffè e parliamo con calma?

Mentre guido il SUV sulla via di casa, la mia mente non fa che ritornare a quello che è successo nel pomeriggio.

- Zia, il laboratorio è stato fighissimo - racconta Lewis, in tono entusiasta che mi riempie di gioia.

Ma non riesco a concentrarmi sui suoi aneddoti, né sulle descrizioni dettagliate che mi regala. In qualunque altro momento, sarei stata orgogliosa e felice di sentirlo così di buon umore. Stasera, però, è come se la mia testa non funzionasse a dovere.

Continuano a balenarmi flash del discorso che ho avuto con Josh.

"Perché ti sei fatto vivo dopo tutto questo tempo?"

"Ho cercato di voltare pagina, dopo che sei andata via. Ho perfino frequentato qualche volta Samantha, una nostra compagna del corso di criminologia."

"E..."

"E niente. Non era te."

Cosa si può rispondere a un'affermazione simile?

- Non vedo l'ora di mostrare a papà il lavoretto che abbiamo fatto oggi! - esclama Cody, riscuotendomi dai pensieri.

Mi stupisce che si sia esaltato tanto, di solito è più un tipo da sport che da attività manuali. Invece ora saltellerebbe sul sedile per l'allegria, se non fosse legato con la cintura di sicurezza al seggiolino.

Il punto è che proprio non riesco a godermelo.

Mi sono comportata da stronza con un uomo che non se lo meritava, l'ho scaricato senza neppure dargli un'opportunità.

E, se mi fermo a riflettere sulla ragione che mi ha spinta a non dubitare nemmeno di poter tornare con lui, mi fa male lo stomaco.

Perché la verità è che Josh non ha proprio niente che non vada.

Solo che lui non è Jax LeBlanc.

Cavolo, sto usando le parole che il mio ex ha rivolto a me. Quanto posso fare schifo?

Lo so, lo so di avere ripetuto fino allo sfinimento che Jax era il tipo sbagliato per me. Ne resto pienamente convinta.

Ma so anche che le emozioni che è in grado di farmi provare, nel bene e nel male, sono troppo vivide perché io possa negarle.

Il buon Josh non è mai stato capace di suscitare in me una rabbia forsennata o un desiderio irrefrenabile. E io non intendo ingannarlo, non posso tornare con lui e fargli credere che il tiepido e affettuoso rapporto che avevamo mi sia sufficiente.

A mia discolpa, al tempo dell'Università ero convinta di sì. Ero persuasa, anzi, di non essere nemmeno capace di bruciare per la voglia di toccare un ragazzo, di ardere per il bisogno di sentirlo più vicino.

Stringo i denti, non sono troppo certa di essere felice di averlo imparato. LeBlanc mi attira come fa una fiamma con la falena ma, per restare all'interno del paragone, rischia di bruciarmi le ali.

Non ho bisogno di un'avventura, devo restare concentrata sulla mia famiglia. Tanto meno può farmi bene infatuarmi di un tipo del tutto inaffidabile, immaturo, inadatto a me.

"Però sembra che tu sia già abbastanza coinvolta."

Di nuovo la voce dei miei pensieri assume il tono dolce eppure risoluto di Demeter.

Cazzo.

È così? Sono già invischiata in maniera irreparabile in questa cosa con Jax?

Mi sudano le mani sul volante, perché tra poco ci rivedremo e dovrò trovare la maniera di scusarmi. Cioè, in realtà non sarebbe strettamente necessario, dato che abbiamo solo condiviso una notte bollente. Non ci siamo promessi niente, anzi. Direi che fosse abbastanza chiaro a entrambi che per noi non ci fosse un futuro. Lui non è tipo da legami e io... Be', io sì, però non con lui.

Eppure, non so perché, sento la necessità di giustificare la presenza di Josh al *Winter Festival*.

Devo provare a chiarire le cose, a spiegargli che c'è stato un grosso malinteso e che non sono andata a letto con lui mentre ero fidanzata con un altro.

Magari poi sono dettagli che a LeBlanc neppure importano, però contano per me.

Parcheggio il SUV nel vialetto e i ragazzi scendono di corsa, diretti verso la porta di casa. Io mi prendo del tempo, inspiro a fondo e mi sistemo i capelli come un'adolescente che deve incontrare la propria cotta nel corridoio della scuola.

Quando entro, scorgo subito mio fratello steso sul divano. Ha fatto bene a non venire con noi, il raffreddore sembra aver fatto progressi durante la nostra assenza e Leo è davvero ridotto a uno straccio.

- Credevo sareste tornati prima - mi dice, il naso tappato che rende la frase buffa.

Vengo assalita da un accenno di senso di colpa per averlo lasciato a casa da solo in queste condizioni, ma poi ricordo a me stessa che stavo facendo qualcosa di buono per i ragazzi e che, tutto sommato, forse è stato meglio concedergli un po' di riposo per conto suo.

- Siamo rincasati non appena Lewis e Cody hanno terminato l'attività - preciso, mentre mi siedo accanto a lui e gli poso una mano sulla fronte per controllare se ha la febbre.

- Sì, in effetti non è tardi. Credevo di aver dormito di più, quando ho visto Jax ero convinto foste rincasati tutti insieme.

Inconsciamente, mi ritrovo a trattenere il respiro. Avranno parlato di ciò che è successo?

Ma Léonard pare inconsapevole del mio incontro con Josh e del fatto che il suo amico se ne sia andato dal *Winter Festival* senza aspettarci. - Invece era da solo e sembrava piuttosto di fretta. Ha detto che gli hanno telefonato per comunicare il termine dei lavori alla villa e che sarebbe tornato là subito.

- Lo zio è andato via?

Il tono del maggiore dei miei nipoti sembra oltraggiato.

Cody esplicita la ragione del risentimento. - Senza neanche salutarci?

Non hanno tutti i torti. Soltanto qualche ora fa, LeBlanc li ha illusi di essere importanti. Per poi liquidarli come ininfluenti non appena casa sua è tornata agibile per feste e bagordi.

Però mi rendo conto che qualcosa non torna. Oggi è domenica, nessuna impresa costruttrice può aver chiamato per annunciare il termine dei lavori.

Un nodo mi stringe lo stomaco. Possibile che Jax abbia deciso di andarsene per causa mia? Che abbia preferito fare ritorno a una abitazione ancora malmessa pur di non restare qui a condividere con me lo stesso tetto?

Dovrei sentirmi sollevata. In fondo non avrei potuto chiedere di meglio.

Soltanto ieri sera mi ero rintanata nella mia camera come in una tana pur di evitare l'imbarazzo di incontrare LeBlanc dopo il nostro interludio nel ripostiglio. E stasera sarebbe stato perfino più imbarazzante trovarmelo davanti, dopo che ero stata a letto con lui e mi aveva vista baciare un altro uomo.

Sì, il fatto che abbia deciso di tornarsene a casa non deve farmi sentire in colpa. È una sua decisione e chissà quante volte è stato lui a far sentire di poco valore le conquiste di turno.

Eppure un certo rimorso continua ad attanagliarmi. Non mi sento a posto con la coscienza.

O forse non è solo questo. Per essere del tutto onesti, non mi va che le cose, tra me e Jax, finiscano in questo modo, tra incomprensioni e malintesi.

Benché io abbia una pessima opinione di lui, non riesco a tollerare che possa pensare male di me.

Ipocrita, vero?

Il fatto è che, anche se faccio di tutto per non darlo a vedere, mi importa quello che gli altri pensano di me.

Voglio che mi ritengano simpatica, una brava ragazza che ha a cuore le opinioni degli altri, a cui importa del prossimo. Desidero sentire che la mia famiglia mi ama e che sto costruendo il mio posto nel mondo in maniera corretta.

Mancanza di autostima? Bisogno di conferme? Probabilmente. Ma a tutti, secondo me, piace sentirsi dire: *che vita perfetta hai. Vorrei proprio essere al tuo posto.*

Però la verità è che io non credo affatto che la mia vita sia perfetta. Soprattutto in questo momento.

Cosa dovrei fare adesso secondo voi?

Correre a parlare con Jax e fargli capire che non avrebbe dovuto andarsene in quel modo, perché io potevo spiegare tutto.

Non è proprio la verità. Perché anche nella mia testa le cose non sono totalmente chiare.

Quindi adesso andrò a cercarlo. E mi farò ascoltare.

- Leo, ce la fai con i ragazzi per qualche ora? Devo fare un salto fuori. Ti ricordi della mia amica Demi? Mi ha chiesto una mano a smontare lo stand e le ho promesso che l'avrei aiutata.

La scusa reggerà sicuramente. Mi sembra insospettabile. Anche perché non potrei mai confessare a mio fratello quello che sto per fare sul serio: correre da LeBlanc.

- Mi faranno da infermieri – ghigna, mentre Lewis e Cody fanno due facce disgustate. - Vai pure, Cami. Non garantiamo di aspettarti svegli.

Sorrido in quella che spero si riveli un'espressione rassicurante. Come posso rispondere che è meglio così? Non so quanto tempo ci vorrà per chiarire le cose e non sono certa dell'umore che avrò dopo il confronto. Perciò mi è di conforto sapere che non staranno alzati ad attendermi, ma che avrò la possibilità di smaltire le emozioni di questa giornata assurda senza dovermi confrontare con nessuno e senza dover fingere una serenità che davvero al momento non possiedo.

Preparo a Leo un latte caldo, gli rimbocco il plaid del divano e mi raccomando per la centesima volta di tenere la febbre misurata.

- Non sono in fin di vita - ride, facendomi cenno di sloggiare. - Vai da Demeter e non ti preoccupare per me.

Accenno un sorriso che non raggiunge gli occhi e mi affretto a salutare. Non sono sicura di poter sostenere questa farsa ancora a lungo.

Appena fuori, prendo un lungo respiro e mi domando se non stia per commettere una grossa sciocchezza.

Poi mi rispondo che sarebbe solo l'ennesima della lista e che non farebbe alcuna differenza.

Negli ultimi due giorni ho collezionato un sacco di errori, e LeBlanc è stato testimone di tutti quanti.

Giro la chiave nel cruscotto del SUV e lo metto in moto. Non avrò ripensamenti.

Nonostante non sia mai stata a casa sua, so perfettamente quale sia la villa giusta. Non è difficile notarla, nel contesto di abitazioni familiari di Thunder Bay. È lussuosa e appariscente, d'impatto nonostante sia chiaro che ci sono dei lavori in corso.

La casa di mio fratello è più elegante e tradizionale, inserita nel contesto cittadino in modo armonioso. Questa, invece, intende distinguersi e staccarsi dalle consuetudini, con linee pulite e nette uscite dall'immaginazione di qualche architetto di grido.

Parcheggio in fretta e scendo prima di potermi soffermare a riflettere ancora sulle mie scelte.

Il videocitofono mi inquadra e, per un attimo, mi domando se mi verrà aperto o se Jax mi terrà qui senza permettermi di entrare, ripagandomi per il bacio a cui ha assistito oggi pomeriggio.

Il ronzio del cancello mi fa capire che posso procedere, un via libera verso un confronto per il quale non sono sicura di essere preparata.

Coraggio, che la sfida abbia inizio.

JAX

Quattro ore prima

Ho già pensato fanculo?

Mi stavo perfino divertendo, con i marmocchi di Leo e la strana amica di Miss Stress dagli occhi penetranti e dalla lingua tagliente.

Andava tutto bene, Camille era rilassata e sono sicuro che avremmo trovato il modo di fare un bis delle capriole in piscina, questa volta magari all'asciutto.

Invece la realtà mi ha presentato il conto, come sempre.

Non devo dimenticare qual è il mio posto. Posso anche essere diventato un giocatore di successo, posso vantare un conto in banca interessante e una fama discreta (da cattivo ragazzo, okay, ma pur sempre talentuoso e seduttore).

Eppure sono ancora io. Lo stesso LeBlanc che non è mai stato messo al primo posto da nessuno, nemmeno da chi avrebbe dovuto essere biologicamente programmato a farlo.

Io sono interessante, divertente, l'anima della festa. Però svicolo, tendo a sparire e a combinare casini.

Sono inaffidabile e imprevedibile e, a essere del tutto onesti, mi è sempre stato bene così. Anzi, erano dettagli di cui mi vantavo.

Solo da quando ho fatto amicizia con Léonard e Noah ho iniziato a pensare che non fossero esattamente qualità.

Da compagni di squadra, sono passati in fretta a fratelli e con loro ho deciso di non fare lo stronzo come al solito.

Forse mi sono rammollito. Magari avrei fatto meglio a non dimenticare che chi è cresciuto per la strada resta sempre destinato a vivere secondo certe regole. O sei un bullo e comandi, o sei uno di quelli destinati a soccombere.

- Porca puttana - sibilo tra i denti.

Sono talmente imbestialito con Camille che lo faccio. Devo pur sfogare lo scazzo contro qualcuno, tanto vale che sia un pezzo di merda fatto e finito.

Un bel confronto alla vecchia maniera è proprio quello di cui ho bisogno. Magari così la pianterà di continuare a inviarmi messaggi del cazzo.

Alle 17,30 solito posto

Digito in fretta e invio, senza ripensamenti.

Digrigno la mascella.

Sto indugiando, sono ancora qui alla Marina, dove le bancarelle del *Winter Festival* finiscono.

Devo levarmi di torno, altrimenti non ha senso che me ne sia andato piantando in asso Miss Stress e il fidanzatino.

Getto un'occhiata verso la fiera. Dai, non sarò così coglione da restare a vedere se lei intende corrermi dietro, vero?

Patetico.

Stringo i pugni e me ne vado. Ho un appuntamento e, prima, mi resta ancora una cosa da fare.

Passo in fretta da casa di Bouchard. Da vigliacco quale sono, una parte di me spera che lui sia ancora appisolato sul divano. Non sarebbe male potermela svignare senza dover dare nessuna spiegazione.

Invece il mio amico è sveglio e giustamente stupito del fatto che io sia tornato così presto e senza il resto della ciurma.

- Ha chiamato l'impresa che sta sistemando la villa - invento su due piedi. - Hanno finito, ed era anche ora. Quindi sono venuto a raccattare la mia roba e a togliere il disturbo.

Lui allarga le braccia, sorpreso. - Non stavi dando noia, Jax. E non c'è nessuna fretta che levi le tende. Resta almeno per cena.

Mi fa piacere che dica così, è consolante il fatto di piacere a qualcuno. Ma non ho alcuna intenzione di essere qui quando la sua sorellina farà ritorno con il boyfriend dell'Università. Potrei spaccare il naso con un pugno al tizio e questo pregiudicherebbe la mia amicizia con Leo, non soltanto perché avrei fatto sanguinare qualcuno nella sua sala da pranzo davanti ai figli, ma perché risulterebbe chiaro che mi sono fatto Camille.

E che, io sia dannato, me la scoperei ancora con una malsana soddisfazione.

- L'ospite è come il pesce, non recita così il proverbio? - tento di scherzare.

- Tu non sei un ospite, sei di famiglia.

Mi sta rendendo le cose difficili. Mi fa venire voglia di restare.

- E, per rimanere tale, è più prudente che torni a casa mia, fidati.

Sorride.

E io mi maledico perché la fiducia che gli sto chiedendo l'ho già tradita.

Taglio la corda, getto la roba nella sacca con lo stemma dei *Thunder Bay Gladiators* e, in cinque minuti, sono fuori.

Guido verso la villa, consapevole che sia una pessima idea. I lavori non sono terminati e il pensiero di accamparmi nella mia stessa abitazione non mi entusiasma.

Ma quale scelta mi rimane? Non posso certo rivolgermi a Noah o a qualcun altro dei compagni della squadra: mi chiederebbero spiegazioni sul fatto che ho lasciato casa di Bouchard e lui verrebbe a sapere che mi sono trasferito da loro.

Prima di passare da casa, però, devo incontrare uno ancora più coglione di me.

Quindi mi dirigo verso la periferia.

La città è decorosa persino qui. Niente a che vedere con le baraccopoli e la sporcizia tipica delle metropoli. Il Canada va piuttosto fiero della qualità di vita che riesce a garantire ai suoi abitanti.

La verità è che, se gratti sotto la superficie dorata, anche qui esistono gli stessi problemi che si trovano nel resto del mondo.

Solo qualcuno di molto ingenuo o di estremamente classista potrebbe sostenere il contrario, e io non appartengo a nessuna delle due categorie.

La mia berlina lucida e scura qui dà piuttosto nell'occhio. Un paio di marmocchi intenti a effettuare alcuni passaggi con la palla da baseball e il guantone si voltano a guardarmi e si danno di gomito. Li ignoro e parcheggio un po' più in là, ci manca solo di attirare dei testimoni minorenni.

Tod's, un diner fuori moda che ha visto giorni migliori, sarebbe il punto di ritrovo. Ma alla fine credo che sarà meglio parlare qui, sul marciapiede.

Teddy è già arrivato, cosa che non mi stupisce: era lui quello ansioso di incontrarmi, non certo viceversa.

Se ne sta appoggiato pigramente contro il muro mezzo scrostato del locale, all'ingresso dell'unico vicolo dall'aspetto tetro e maleodorante della zona. Mi viene il dubbio che l'abbia scelto apposta, per sottolineare la differenza tra i nostri stili di vita. Per accentuare il solco tra la mia esistenza e la sua, un tempo così strettamente intrecciate da perdersi una nell'altra.

Siamo stati grandi amici, io e questo avanzo di galera.

Ma si trattava di un'amicizia da trincea, del genere di rapporto che si instaura tra due persone che annaspano e cercano di restare a galla in un mare di merda.

Non so se avete mai creato un legame simile con qualcuno.

Se non siete stati costretti a farlo, siete dannatamente fortunati e nemmeno ve ne rendete conto.

Se invece vi è capitato, avete presente quello di cui parlo. Vi siete trovati anche voi in una situazione così estrema, al limite della sopportazione umana, da cercare un alleato qualsiasi che permettesse di rendere almeno tollerabile la faccenda.

Ci sono tanti esempi di amici del genere. Può trattarsi del vicino di letto in ospedale, quello che soffre dolori simili ed è costretto a cagare in una padella al tuo fianco. Oppure del compagno di cella che ti para, letteralmente, il culo davanti alla gang di turno. O ancora del ragazzino bullizzato quanto te, l'unico che non ha il diritto di prenderti in giro perché è altrettanto sfigato.

Uno che si trova in trincea, appunto, arruolato in una battaglia da cui vorrebbe disertare. Proprio come te.

Il legame che si crea in questi casi è immediato, profondo come se durasse da anni, anche se è nuovo di zecca. Una fratellanza nata dal dolore e costruita sul bisogno di sopravvivere, dove non esiste pudore e ci si può confidare l'impensabile.

Ecco, possiamo dire che io e Teddy abbiamo combattuto insieme. Non in Afghanistan o in qualche roba da fighi Marines, ma tra i vicoli della cittadina di Thunder Bay.

Per mesi siamo stati invisibili agli occhi della gente perbene, troppo impegnati a lottare contro i nostri demoni personali e a cercare il modo di tirare avanti un altro giorno.

E poi la vita ci ha separati.

Serro la mascella, perché non ho ancora mandato giù davvero gli avvenimenti di quel giorno. E, pare evidente, nemmeno lui.

- Eccoti, finalmente. Iniziavo a pensare che mi avresti dato buca anche questa volta.

Strascica le parole, mi domando se abbia bevuto o se sia solo diventata una specie di abitudine.

È vestito in maniera sciatta, indossa una tuta di marca che ha però visto giorni migliori e che avrebbe proprio bisogno di una lavata.

L'immancabile cappellino con visiera nasconde i capelli troppo lunghi.

- Era mio interesse venire all'appuntamento. E non perché mi stai minacciando, ma perché oggi ho bisogno di ricordare che non dovrei essere stupito di avere a che fare con gente di merda, è sempre stato così. È una costante nella mia vita ed è il momento che mi rassegni alla realtà.

Il mio sarcasmo non viene apprezzato. - Dovresti includere te stesso nella categoria degli stronzi, fratello - biascica, gli occhi scuri che si stringono in fessure piene di rancore. - Ti credi tanto superiore, ma forse hai dimenticato come stanno le cose. Se non fosse stato per me, col cazzo che oggi saresti il grande attaccante dei *Thunder Bay Gladiators*. Perciò non venire a sbattermi sotto il naso la tua auto costosa o il fatto che hai una fila di modelle pronte ad aprire le gambe. Non sei migliore di me, anzi. Qui sono io quello che si è comportato da amico.

- E che, da quel momento in poi, non ha fatto altro che venire a battere cassa da me.

Di colpo perde del tutto l'aria debosciata. Si tira dritto e mi fissa, e un tale risentimento gli deforma i lineamenti che vengo colto di sorpresa. - Tu, razza di ingrato - sputa. - Non hai idea di quello che ho passato. Di quello che *tu* avresti potuto passare, se solo io non avessi...

Lo blocco. - Non ti ho mai chiesto niente. Sei l'unico responsabile delle tue azioni.

Digrigna i denti, come se avesse molto da aggiungere. Però, grazie al cielo, tace.

Poi, quasi stesse masticando le parole, borbotta sottovoce. - Ho pagato per le mie colpe, è vero. Tu invece sei stato più fortunato. Un bastardo favorito dalla sorte che non si rende nemmeno conto di quanto il fato lo abbia baciato in fronte. E che dimentica gli amici.

L'accusa è così reale e innegabile da farmi salire il sangue al cervello. Perché, se proprio devo dire la verità, non so come mi comporterei io se le parti fossero invertite. È del tutto probabile che sarei peggio di Teddy. Se già adesso, con la mia vita privilegiata e i soldi, mi sento spesso risucchiato da un buco nero e perdo la testa, quanto sarei stronzo se avessi perso tutto?

- Non ho scordato proprio nessuno - ribatto, anche se non sono onesto. - Solo non mi piace essere ricattato.

- Non avevo scelta, J. - Il tono è cambiato, ha assunto una venatura di rassegnazione. È la voce di un uomo sconfitto. - Mi sono invischiato con gente che non scherza, stavolta.

Chissà perché, non sono stupito. Teddy è sempre stato uno specialista nel ficcarsi nei guai.

Sospiro. - Quanto gli devi?

Abbassa gli occhi per nascondere la vergogna. Borbotta una cifra così piano che non capisco un accidente.

- Cosa?

Mi fulmina con lo sguardo. Scommetto che è convinto lo stia facendo ripetere per umiliarlo.

È tanto. Porca puttana, come è riuscito ad accumulare un debito del genere?

Scuoto la testa. Okay, non dovrei pagare per mantenere il suo silenzio. So che se uno cede al ricatto una volta poi è costretto a continuare.

Però... Dannazione, non ho davanti un coglione qualsiasi.

Come ho detto, è esistito un tempo in cui le nostre vite erano così simili da essere fuse.

E anche adesso non siamo poi così diversi, restiamo immagini speculari di una stessa situazione.

Due facce della medesima moneta.

Mi sento costretto a dargli una mano. Non perché io tema che potrebbe raccontare ai giornali del passato, ma per un grumo di emozioni che provo nei suoi confronti e che mi impediscono di ignorare il suo bisogno.

- Sta' tranquillo. Posso aiutarti - dico quindi, senza emozione. Sono di colpo stranamente calmo. Rassegnato a mia volta. La tristezza di constatare che un vecchio amico sia ormai ridotto a una spiacevole conoscenza, la delusione di aver visto Camille per ciò che è... hanno prosciugato le mie energie. - Dammi solo il tempo di mettere insieme il malloppo.

Un'espressione bizzarra gli contorce la faccia, pare quasi che abbia appena mangiato un limone. E probabile sia sollevato per il fatto di aver trovato i soldi, ma anche incazzato per averli dovuti chiedere a me. A quello che ritiene responsabile delle sfighe della sua vita.

Sono tentato di dirgli che le sfighe capitano e basta, senza motivo e spesso anche alle brave persone. Tutti ci ostiniamo a cercare un colpevole o una motivazione perché ci rende più facile venire a patti con le cose, però si tratta di una scusa per continuare a guardare indietro anziché dinanzi a noi.

Certo, ottenere vendetta gli darebbe un po' di soddisfazione. Rivalersi su di me potrebbe offrirgli l'illusione di aver pareggiato i conti.

Ma a conti fatti non modificherebbe di una virgola la sua vita: non saprebbe restituirgli gli anni perduti, né una fedina penale pulita.

La verità è che, anche se io ora gli do dei soldi e lui si tira fuori dal casino in cui si è ficcato, una parte di noi resterà sempre ferma in quel vicolo, al bivio che ha cambiato in modo irrimediabile le nostre esistenze.

- Ci vediamo qui tra due giorni - affermo e Teddy risponde con un cenno del capo.

Non c'è più niente da aggiungere, quindi gli volto le spalle e me ne vado senza salutare.

JAX

Essendo domenica, al rientro per fortuna non trovo gli operai intenti a lavorare.

La zona esterna è ancora abbastanza un casino, però dentro iniziamo a ragionare. Tolgo le coperture antipolvere dal divano e mi ci accascio, rimanendo a fissare il vuoto.

Ieri, mentre tornavo dal palazzetto dello sport in cui c'era stata la giornata dimostrativa per i ragazzini e mi ero imboscato con Camille, mi era arrivato un messaggio di Anita, la signora che si occupa di mandare avanti la villa e di assicurarsi che in frigo ci siano sempre scorte.

Mi sa che lei è quella che è rimasta più turbata dalla faccenda dell'esondazione della piscina: ci tiene così tanto che sia sempre tutto in ordine.

Comunque, mi annunciava di essere riuscita a rendere di nuovo abitabile la camera da letto e il bagno annesso. La notizia mi aveva fatto piacere, ma non era stata sufficiente a spingermi a tornare a casa. Dopotutto non sono il tipo che ama avere a che fare con chi sta effettuando i restauri, preferisco che ci pensino i miei dipendenti a seguire i lavori. E poi, avevo un'ottima ragione per trattenermi come ospite dei Bouchard.

"Be', hai segnato il tuo punto. Ti sei tolto lo sfizio e te la sei fatta. Ma è stato meglio tagliare la corda, oggi. Non sei il tipo che va alle fiere e chiacchiera con le amiche della scopata di turno."

Già. Annuisco con decisione, dando ragione alla mia vocina interiore.

Tuttavia la verità è che non sono soddisfatto.

Forse si tratta di una faccenda meramente narcisistica. Non sopporto di essere quello che viene scaricato.

Lo so che è ipocrita, dato che sono sempre stato un deciso sostenitore del sesso senza impegno e senza conseguenze. Però che cavolo. Non mi aspettavo che una tipa per bene come Camille mi usasse come antistress mentre il fidanzato era fuori città.
"Eri tu a sostenere che le avrebbe fatto bene sciogliersi."

In effetti, credo di averlo pensato. Forse perfino detto. Quindi perché mi dà fastidio che abbia seguito il mio consiglio?

Fanculo. Basta pensare a lei.

Lo squillo del videocitofono mi coglie di sorpresa. Chi diamine può essere? Nessuno sa che sono tornato alla villa, solo Leo, ma era decisamente troppo sfatto per uscire di casa.

Cazzo.

Sul serio? Certo che ne ha di faccia tosta.

Cosa accidenti è venuta a dirmi? Che ho frainteso?

E, soprattutto, per quale dannata ragione?

Non mi deve niente, siamo solo due che hanno condiviso un momento soddisfacente. Se dovessi avere un legame con tutte le tipe che mi sono scopato con gusto, avrei decisamente troppi contatti in rubrica.

No, questa qui vuole soltanto lavarsi la coscienza. Non può permettersi di intaccare l'immagine da brava ragazza che ha costruito con tanta fatica nel corso degli anni, anche se tutte le sue azioni dimostrano che non è poi così irreprensibile come vorrebbe far credere.

La tentazione di fingere di non sentire il suono del citofono è forte. Le starebbe bene venire ignorata del tutto.

Ma poi si insinua un pensiero diverso: se invece le aprissi? Se la costringessi a levarsi di nuovo e per sempre la maschera da perfettina del cavolo?

Se è vero che lei deve difendere una reputazione, lo stesso può dirsi per me. Ci tengo a essere considerato un pessimo soggetto, uno stronzo insensibile. Quindi basta cazzate, ho finito di essere gentile e di comportarmi per quello che non sono.

Diamine, l'ho accompagnata a una fiera, nemmeno fossimo una vecchia coppia.

È venuta qui per scusarsi? Farò in modo che abbia l'occasione di fare ammenda. Ho già in mente un paio di metodi che potrebbero rivelarsi utili al caso nostro.

Non credo che le dispiacerà. Dopotutto, mi ha usato per il sesso ed è qui perché una parte di lei è più attratta da quello che posso dare io che dalla tenerezza del perfetto fidanzatino.

Pigio con una forza non necessaria il tasto che apre il cancello, senza degnarmi di rispondere.

Quindi mi dirigo alla porta e la spalanco, mentre mi appoggio con aria molle e disinteressata allo stipite dell'uscio.

Non appena mi vede, lei rallenta. È chiaro che il fatto di trovarsi faccia a faccia con me la renda nervosa e le tolga sicurezza.

Potrei fissarla con aria superiore, però non desidero metterla in fuga, solo intimidirla quanto basta, perciò accenno un sorrisetto. L'espressione da schiaffi che potrebbe sottintendere un benvenuto o preparare un colpo basso.

Voglio che venga da me, ma che sia consapevole che sta camminando sul filo del rasoio.

- Jax, ciao... - inizia, incerta, mentre si sistema dietro l'orecchio una ciocca dei capelli biondo miele.

È carina, così impacciata. Ma non ho intenzione di farmi fregare dalla sua finta ingenuità.

Non rispondo al saluto. Lascio che sia lei a portare tutto il peso della conversazione.

- Ti chiederai cosa ci faccio qui - ridacchia.

Ondeggia da un piede all'altro, a disagio.

In realtà mi è estremamente chiaro cosa l'abbia portata alla villa: non può accettare di essersi comportata in maniera scorretta e intende lavarsi la coscienza con qualche patetica giustificazione. Ma evito di esprimere ad alta voce la mia opinione. Preferisco capire se, insieme alle scuse, intende regalarmi anche una sveltina d'addio.

Esita. - Posso entrare? Solo un istante.

Senza parlare, mi scosto quel tanto che basta a lasciarle libero il passaggio. Faccio perfino un gesto con la mano perché non abbia scuse per ritirarsi dalla battaglia proprio ora che viene il bello.

Miss Stress mi guarda, i grandi occhi verde chiaro sgranati che potrebbero suscitare tenerezza in qualcuno meno incazzato di me.

Non la degno di attenzione, aspetto che mi passi davanti e poi richiudo la porta con un tonfo.

Si guarda intorno, con aria affranta, e passa in rassegna i mobili coperti da teli. Si starà rimproverando per avermi costretto a tornare qui quando c'è ancora tutto questo casino?

Poi indugia sull'unico spazio privo di ingombranti protezioni.

- Ci sediamo un attimo? - chiede, indicando il divano.

Dato che non ho nulla in contrario a trovarmi accanto alla mia preda in uno spazio adatto alla conquista, sprofondo nel cuscino del sofà senza farmelo ripetere. Lei, invece, esita qualche istante, benché l'idea sia venuta da lei.

Alla fine si accomoda, impacciata. Prende un profondo sospiro e scuote la testa prima di ammettere. - Mi dispiace per la scena a cui hai assistito al festival.

È patetica. Mi aspetto che dica le fatidiche parole "non è come sembra, lasciami spiegare".

Invece si zittisce e io decido di averne abbastanza.

Non me ne frega niente delle sue scuse, quello di cui ho bisogno è scoparla senza riguardi. Voglio che, ogni volta che lo farà con il suo ragazzo perfetto, rimpianga gli orgasmi selvaggi che avrei potuto regalarle io.

Perciò mi volto verso di lei e le infilo le dita tra i capelli sciolti, le afferro la nuca e la tiro verso di me. Non prova nemmeno a opporre resistenza, a fingere di non volere anche lei che le cose vadano in questo modo. Mi permette di catturarle le labbra e di costringerla a schiuderle per me.

La invado senza concedere respiro e le nostre lingue si incontrano e si accarezzano con una lussuria indecente.

Cazzo, altro che brava ragazza. Questa mi porterà alla follia, tanto mi manda su di giri.

Fanculo tutto. Fanculo lei, suo fratello a cui dovrei rispetto, il fidanzatino con un palco di corna da guinness dei primati.

Io all'università non ci sono mai andato, però in certe materie non mi batte nessuno.

Le infilo la mano sotto la maglietta e la sento sussultare. Non fingerà di essere sorpresa, vero?

Ho raggiunto un capezzolo, lo stringo tra il pollice e l'indice con cattiveria e la sento gemere.

Voglio punirla, ma anche costringerla a godere. Perciò con l'altra mano trovo il seno ancora libero e lo carezzo con lentezza.

Miss Stress si inarca contro il mio palmo, in cerca di un contatto più deciso.

Potrei arrivare a odiarla.

Davvero, con tutto il cuore.

È assurdo. Non mi è mai capitato di provare sentimenti tanto intensi verso una ragazza. Ma con Camille tutto viene portato all'estremo, lei riesce a condurmi al limite e poi a spingermi oltre.

Dannazione, è così fottutamente desiderabile. Così innocente in apparenza e stronza nella realtà. Così perfetta e doppiogiochista.

Mi sta mandando in pappa il cervello.

Sì, la detesto.

Le lecco le labbra e poi scendo lungo il collo, in una scia infuocata di lussuria.

Allargo con uno strattone deciso la scollatura della maglietta. La strappo, mi importa solo di arrivare a scoprire le collinette burrose delle sue tette, spinte in alto dal ferretto del balconcino da cui le ho già parzialmente liberate.

È come essere tornati nello sgabuzzino, lei che mi si struscia contro mentre al tempo stesso dichiara che non sono alla sua altezza.

Oggi è qui per farsi scopare, per godere mentre la prendo in tutti i modi leciti e illeciti, però è un altro il ragazzo con cui fa coppia.

Perché sono un balordo, il tizio violento che viene espulso dal campo per rissa. Quello con la famiglia sfasciata e le amicizie discutibili.

Vado bene per una sveltina, ma niente più.

E allora farò il mio dovere fino in fondo. Sarò il migliore nel ruolo che mi ha riservato.

La farò tremare di piacere, ma poi la costringerò a pentirsi di avermi incontrato.

CAMILLE

Sono un vero disastro. Come posso definirmi in una maniera diversa? Non faccio che combinare un casino dietro l'altro, non riesco a portare a termine un solo proposito buono né a dominare i miei istinti.

Potrei fare come mio solito e dare tutta la colpa al ragazzo che in questo momento ha la lingua nella mia bocca e la mano sotto alla mia maglietta. Sarebbe facile attribuire a lui ogni responsabilità del mio comportamento immaturo e privo di raziocinio.

Dopotutto è la verità che è in grado di annientare le mie difese e di spingermi a mettere da parte il buon senso.

Eppure no. Questa volta non sarò così debole e meschina da non attribuirmi nessuna parte in ciò che sta accadendo.

Dannazione, un lato di me addirittura sperava che le cose degenerassero in questo modo e prendessero proprio la piega che hanno assunto!

Posso fingere di essere corsa a casa di LeBlanc spinta da nobili ragioni, e il fatto che non desidero pensi male di me resta vero e valido.
Però... un pensierino sul fatto che avremmo potuto fare pace in questa maniera l'ho formulato eccome.

Ero venuta per fare un discorso e invece sto usando la lingua per ben altri scopi. Me ne rendo conto e me ne vergogno anche un po'. Ma non abbastanza da fare qualcosa per fermare l'assalto con cui Jax ha deciso di travolgermi e di farmi perdere il controllo.

D'altra parte, io e lui comunichiamo meglio a questo livello. Con le parole non siamo proprio capaci di rapportarci l'uno all'altra, finiamo solo con il farci male a vicenda.

Invece il linguaggio del corpo riesce a sintonizzarci sulla stessa frequenza e di colpo diventiamo in grado di vibrare all'unisono, di comprendere i bisogni e i desideri dell'altro.

So cosa state pensando. Mi racconto certe cose perché voglio attribuire a ciò che sta accadendo un significato più profondo.

Desidero pensare che non si tratti solo di due che si palpeggiano su un divano polveroso, ma di persone che stanno facendo pace a modo loro.

Perché non può ancora essere arrabbiato con me, se mi bacia in questo modo, giusto?

Nell'esatto momento in cui questo pensiero mi sta attraversando la mente, lui mi morde un labbro. E non si tratta soltanto di un gioco sensuale, c'è un fondo di astio che non riesce a nascondere.

Posso quasi avvertire l'onda nera che ci travolge in una passione del tutto diversa da quella che abbiamo condiviso in passato.

I gesti di LeBlanc sono sensuali, perfettamente peccaminosi come sempre. Ma hanno un tono tagliente, quasi volesse costringermi a godere.

Perfino i suoi baci hanno il gusto della sfida.

Cerco di combattere la rabbia che avverto scorrergli sotto la pelle. Ho appena affermato che questo è il nostro modo di comunicare, giusto? E allora voglio che senta quanto sincere siano le mie scuse. Desidero che gli sia chiara la ragione per cui sono venuta qui stasera.

Schiudo le labbra e faccio in modo che la mia lingua sia dolce, che accarezzi la sua con voluttuosa gentilezza.

Metto da parte la maschera che ho indossato tante volte in sua presenza, quella della ragazza che si ritiene superiore e in diritto di giudicare la sua vita e le sue scelte. La pianto di fingere di non provare interesse per ciò che sente, di ripetere a me stessa che non mi importa affatto di lui perché è soltanto uno stronzo di bell'aspetto con cui condividere un momento di passione.

Per un istante ho l'impressione che lui avverta il mio cambiamento. Rallenta i gesti e interrompe il proprio assalto.

Rimaniamo così, io con la camicetta strappata dall'impeto di poco fa, lui incapace di rinunciare al sapore dei miei baci.

La speranza che sollevi lo sguardo e dica qualcosa mi serpeggia nel ventre.

Invece si scosta solo per avventarsi sul mio seno già in parte scoperto.

Il respiro mi si mozza per il piacere, eppure mi sento stranamente svuotata. È come se avesse rifiutato la tenerezza che gli stavo offrendo per riportare la faccenda su un piano diverso. Più carnale.

Le sue dita titillano un capezzolo, la bocca si occupa dell'altro con una dedizione così assoluta da portarmi sull'orlo della follia.

Lo giuro, uno come Jax è capace di farmi uscire di testa. Di farmi perdere completamente la ragione.

Gli infilo le dita tra i capelli, lo attiro a me. Non posso nemmeno prendere in considerazione l'idea che possa smettere.

Penserò in un secondo momento a sciogliere i suoi dubbi, adesso esiste solo il qui e ora: i pensieri svaniscono e le preoccupazioni si dissolvono in un turbine di sensazioni.

Le mie terminazioni nervose vibrano e gioiscono, messe in allerta dalla lingua che mi percorre il seno con instancabile maestria.
Chiudo gli occhi, decisa a perdermi del tutto in un'estasi completa e irresponsabile.

Ma LeBlanc si ritrae, lasciandomi sola a naufragare in una tempesta di emozioni sconnesse.

Sbatto le palpebre, confusa. Prima che possa dire o fare qualunque cosa, però, lui scende dal divano e si tira in piedi. Resto a osservarlo stupita mentre si libera con un gesto del maglione e lo lascia cadere a terra. Quindi, con prepotenza, muove un passo in avanti e si porta vicino a me.

Mi prende un polso, mi aiuta a mettermi seduta. Ed è con un gesto gentile che posa le mie dita sulla fibbia della cintura che gli tiene chiusi i jeans.

- Sei venuta a fare ammenda, no?

Le parole sono morbide come il velluto, pronunciate con una voce calda e nera. Il loro significato è troppo chiaro per essere frainteso. Non è il mio turno di godere, non sono io quella che merita di ricevere attenzioni e di tremare scossa da un piacere troppo grande.

Sollevo lo sguardo a cercare il suo, ma Jax tiene gli occhi abbassati e non mi permette di scrutargli dentro.

C'è una durezza nella linea della sua mascella che lo rende diverso dal solito, molto lontano dal ragazzo strafottente e pronto a buttare tutto sul ridere che mi ha sedotta le altre volte.

Possibile che sia rimasto colpito più di quanto io credessi dalla scena al *Winter Festival*?

No, lui non è fatto così. Non è tipo da tenere alle persone.

Eppure...

I polpastrelli sfiorano la chiusura di metallo, è fredda e liscia.

Potrei farlo, dopotutto mi va. E parecchio.

Ma sento il bisogno di sfidarlo. - Ti farebbe stare meglio, vedermi mentre te lo prendo in bocca?

Non risponde. Un muscolo traditore guizza nella sua guancia. Stringe i denti con ancora più decisione.

Vuole punirmi con il gioco del silenzio? Obbligarmi a ricompensarlo per l'affronto subito?

E per quale motivo la cosa mi stupisce? Ero consapevole che fosse un tipo infantile e prepotente.

Però un pensiero si insinua nella mia mente. La consapevolezza di aver fatto sesso con lui in quasi due occasioni e di aver liquidato la faccenda come di poco conto mi colpisce in pieno.

Come mi sarei sentita io al suo posto? Se fosse stato lui a definirmi un errore e poi mi avesse costretta ad assistere a un bacio con la sua fidanzata?

“I maschi non ragionano così. Tanto meno quelli come LeBlanc. Credi davvero che sia rimasto ferito dal tuo comportamento?”

Magari no. Probabilmente ha ragione la mia coscienza e sto attribuendo a questo primitivo esemplare di maschio Alfa dei pensieri che non gli appartengono.

Però tutti abbiamo delle fragilità, e per qualche ragione io sento che tutta la strafottenza di Jax non è altro che una maschera. Un'armatura messa a protezione di un nervo scoperto.

Sfioro la cintura, la slaccio con gesti delicati. Poi inizio a occuparmi dei bottoni. Li faccio uscire dall'asola uno per uno, con deliberata lentezza.

Se crede di sottomettermi, di umiliarmi, si sbaglia di grosso. Tutto quello che sto per fare nasce dalla mia libera volontà. A essere onesta, ho perfino sperato che succedesse, mentre guidavo diretta qui. Era l'evoluzione naturale delle cose: ieri lui ci ha dato dentro con il sesso orale, dopotutto.

Faccio scendere i jeans lungo i fianchi snelli e poi ripeto l'operazione con i parigamba.

Getto un'occhiata verso l'alto, scruto il suo viso. Niente, nessun cenno. Si sforza di tenere lo sguardo fisso davanti a sé.

Sciocco. È lui a privarsi di qualcosa. Se solo mettesse da parte l'orgoglio e si decidesse ad abbassare la vista, potrebbe gustarsi lo spettacolo cui sto per dare inizio.

Le mie dita si avvolgono intorno all'erezione - cavoli, è davvero gloriosa - e io mi sporgo in avanti con il viso.

Non mi sto piegando a un suo ricatto, semplicemente sto parlando una lingua che lui possa capire.

E se per comunicare con lui devo avere a che fare con il suo uccello... Be', avrebbe potuto andarmi peggio.

Appoggio le labbra sulla punta, avverto il calore della sua epidermide tesa e liscia. Faccio scorrere la lingua e sento il suo respiro farsi spezzato.

Le dita stringono la base, la bocca avvolge il resto, in un contatto umido e profondo, totalizzante.

Cede, mi infila le dita tra i capelli e mi carezza la nuca.

Vuole che io mi muova. Trattiene il fiato in attesa che io gli offra ciò che desidera.

“Chi ha il potere, adesso? Chi di noi due è sottomesso?” penso.

Ma non è una gara di supremazia. In questo gioco non ci sono un vincitore e uno sconfitto.

Uso la lingua e le labbra, in baci peccaminosi e antichi come il mondo. Sono delicata, dolce, perché pretendo che senta ciò che provo.

E poi aumento il ritmo perché voglio che perda la testa, che impazzisca per me.

Sollevo gli occhi e incontro quelli di Jax. Mi sta guardando, adesso, e ogni traccia di rancore sembra scomparsa. Il suo sguardo brilla intenso, offuscato dal piacere e da qualcos'altro che non riesco a decifrare.

Non ho tempo per pormi domande, quindi torno a dedicarmi a lui. Con la mano, le labbra, la lingua. Con il desiderio che mi cresce nel ventre e si traduce nei gesti che compio. Con uno struggente bisogno di fondermi con LeBlanc che nasce dal petto e che farei meglio a tenere a bada.

Perché non va bene. Oh, no, per niente. Potrebbe distruggermi.

- Basta...

Fa un passo indietro, si sottrae alle mie attenzioni e per un folle attimo mi domando se lo abbia sentito. Se abbia percepito che sto iniziando a provare dei sentimenti e questo lo abbia spaventato.

Perché c'è un barlume di paura, nelle sue iridi chiare.

- In piedi - dice solo, con voce incolore. - Mani sulla spalliera.

Non so bene cosa voglio fare, ma non ho motivo di oppormi. Quindi mi alzo e aggiro il divano.

- Sfila le mutandine.

Di nuovo, faccio come mi viene chiesto. Il cuore batte veloce, preda dell'aspettativa.

Poso i palmi contro la testiera del sofà.

Con due falcate, Jax mi è alle spalle. Mi afferra per i fianchi, li tira indietro. Quindi, con un ginocchio, mi divarica le cosce. Solleva la gonna e mi infila una mano tra le gambe, trovando subito il punto più sensibile.

Lo sfrega, poi si fa strada attraverso le pieghe più intime fino alla mia apertura.

Si china su di me, avverto il fiato caldo solleticarmi un lobo. - Sempre pronta, eh? - chiede, cattivo.

Arrossisco perché è impossibile negare quanto io lo desideri. Non mi abbasserò a fingere disinteresse, il mio corpo parla chiaro. Ma non gli darò nemmeno la soddisfazione di rispondere alla provocazione. Non mi importa se nasce dalle sue insicurezze, dal fatto di credere che io me la faccia contemporaneamente con due ragazzi o forse di più. Io so come stanno le cose, con Josh e anche con lui.

- Per te sì - rispondo quindi. - Per te sono sempre pronta.

Mi sistemo meglio, voglio che mi prenda e che metta fine a questa insostenibile tensione sessuale tra noi due.

Ringrazio la mia buona stella che mi ha spinta a scegliere di indossare le parigine, perché posso immaginare la scena che sto offrendo a LeBlanc: gambe fasciate dalle calze e un sedere nudo sollevato.

Se crede di poter resistere, è un illuso.

Infatti non prova nemmeno a frenarsi. Mi afferra per le anche e, con una spinta, mi penetra.

Non so se abbia scelto questa posizione in maniera cosciente, in modo da non dovermi guardare in faccia, o se semplicemente avesse voglia di scoparmi come un animale.

Il risultato, in ogni caso, è pazzesco.

Non sono mai stata presa in maniera così selvaggia. Entra ed esce da me con un impeto quasi violento, mi porta allo spasimo.

Una delle mani si sposta dal mio fianco e mi circonda il collo, mi carezza e risale fino al mento in un gesto possessivo e dominatore.

Sono totalmente coinvolta, preda di un piacere assoluto e feroce che si trasforma in un grido. Urlo il suo nome e lui mi ripaga affondando ancora dentro di me.

L'orgasmo mi coglie impreparata, improvviso e fortissimo, mi scuote non solo nel fisico, ma anche nell'anima.

Non sono mai stata così bene, eppure mi sento sul punto di andare in pezzi. So che basterebbe un soffio per mandarmi in frantumi, perché - per togliere a Jax l'armatura - ho finito con lo spogliarmi della mia. Con il mettere da parte l'identità tutta d'un pezzo che mi sono costruita sin da quando ho preso la decisione di abbandonare l'università e di fare ritorno a Thunder Bay.

Forse è per questo che sentivo di detestare a pelle LeBlanc: in qualche maniera intuivo già che sarebbe stato capace di minare le mie certezze e di farmi uscire dalla zona sicura e grigia in cui avevo deciso di nascondermi.

Quando sono con lui non riesco a fingere che mi basti essere una buona zia e una ragazza coscienziosa con la testa sulle spalle. Ogni volta che mi trovo in compagnia di Jax, io torno a sognare di poter condurre una vita diversa. Spaventosa, certo, ma più in sintonia con il mio vero io.

Le spinte si fanno più ravvicinate e alla fine anche lui raggiunge la vetta.

Lo sento soffocare un ringhio di godimento. Mi stringe il fianco mentre cerca di recuperare il fiato.

Siamo entrambi a corto di respiro, sfatti e senza parole.

E tutti e due sembriamo soddisfatti solo in parte dal sesso grandioso appena condiviso.

Esce da me, si ritrae lasciandomi vuota in ogni senso.

- Il bagno di sopra è pulito, va' lì - dice, con la voce formale di qualcuno che stia fornendo indicazioni a un passante. - Io userò quello degli ospiti.

E si congeda così, senza aggiungere altro.

Resto a guardarlo mentre raccoglie i vestiti da terra e sparisce nella piccola stanza in fondo al corridoio. Sono indecisa se aspettare che faccia di nuovo capolino o obbedire e salire le scale. Alla fine mi decido per la seconda opzione, più che altro perché devo essere un disastro e vorrei rendermi presentabile prima di affrontare il discorso che intendo fare.

Mi lavo in fretta e cerco di dare ai miei capelli un aspetto decente. Quindi mi osservo allo specchio e sospiro.

Basta giocare o tenersi al riparo, io non ho più intenzione di comportarmi come se non mi interessasse conoscere meglio questo ragazzo.

Perciò scenderò e gli dirò tutta la verità, che Josh e io non stiamo più insieme e che mi piacerebbe frequentare un tipo di uomo del tutto diverso.

Al solo pensarlo mi si secca la bocca e le pulsazioni accelerano. Ma, ehi, non si può vivere giocando sempre in difesa. Se si vuole vincere una partita, a volte bisogna rischiare e lanciarsi all'attacco.

Quando torno nell'Open Space dove campeggia il divano, non trovo nessuno ad aspettarmi.

Possibile che LeBlanc sia ancora rintanato nel piccolo bagno degli ospiti? Mi pare improbabile.

Poi vedo il foglio. È stato chiaramente strappato da un quaderno e appare fuori moda e fuori posto. Nessuno scrive più dei biglietti, quando basta inviare un messaggio sul cellulare.

Non so perché, ma non ho un buon presentimento.

Allungo la mano e afferro la pagina.

"Quando te ne vai, tira dietro la porta. Si chiuderà in automatico.

Io sono dovuto andare a un appuntamento con una persona. Non mi aspettare, potrei non essere da solo al rientro."

Il foglio mi scivola dalle dita, ondeggia in modo armonioso prima di atterrare sul pavimento.

Sul serio?

Mi mordo un labbro, non mi concederò di mettermi a piagnucolare o a compatire me stessa.

Se questo è un tentativo di rendermi pan per focaccia, mettendo in chiaro che ha altre frequentazioni a sua volta e che non sono l'unica a poter baciare chi mi pare, Jax LeBlanc è un individuo ancora peggiore di quanto lo avessi giudicato all'inizio.

Se è un patetico tentativo di uscire per primo da una possibile storia tra noi, che non è mai cominciata e a questo punto non credo avrà mai inizio, gli concedo di aver ottenuto il risultato sperato. Non mi vedrà più, è riuscito a farmi sparire dalla sua vita con poche semplici righe.

Il mio corpo porta ancora addosso il suo odore, reca ancora traccia dei suoi baci e della passione selvatica che ci siamo scambiati. Ma il mio cuore...

Scuoto la testa. "Cazzo, pericolo scampato, Camille. Stavi cominciando ad affezionarti un po' troppo a un personaggio che non fa proprio per te. Ti ha fatto un favore, liquidandoti prima che ti rendessi ridicola confessando sentimenti inopportuni."

Tiro su con il naso, stringo i denti. Sì, me ne andrò e farò finta di non aver mai messo piede nella sua stupida villa. Metterò una pietra su tutta questa faccenda e tornerò alla mia quotidianità.

Basta colpi di testa, basta sesso con bastardi di prima categoria.

La vita è un gioco di squadra, non puoi uscirne vincitore se il tuo compagno non ti spalleggia. E io non intendo perdere tempo a fare team con chi sabota sé stesso e gli altri.

Jax LeBlanc vuole comportarsi da testa di cazzo? Liberissimo. Non gli permetterò, però, di coinvolgere anche me nella sua spirale di autodistruzione.

Raccolgo le mie cose e me ne vado, avendo cura di sbattere la porta dietro di me.

È chiusa e tale resterà.

JAX

L'odore del disinfettante è la prima cosa che mi colpisce. Detesto ogni cosa degli ospedali, dalle luci bianche e fredde ai lunghi corridoi pavimentati in linoleum, dai rumori di sofferenza e di allarme alla puzza.

Eppure una parte di me non è scontenta che io sia stato obbligato a lasciare di corsa la villa per precipitarmi qui, al pronto soccorso di Thunder Bay.

Già da questa affermazione si può capire quanto io sia vigliacco. Preferisco trovarmi in questa situazione di merda piuttosto che dover fronteggiare Miss Stress e le conseguenze di ciò che abbiamo condiviso.

A mia discolpa, non era premeditato che me ne andassi.

Se non avessi ricevuto una chiamata dal reparto emergenze del *Regional Health Science Center*, in questo momento sarei con Camille.

Cosa le starei dicendo? Questo è più difficile da stabilire.

Ero deciso a umiliarla, a prendere tutto quello che potevo per poi scaricarla senza tante cerimonie e, soprattutto, senza stare ad ascoltare le sue patetiche giustificazioni. Ma le cose sono andate in maniera diversa da quello che pensavo.

Volevo punirla e invece alla fine mi sono lasciato coinvolgere. Non ho scordato quanto sia stata stronza con me, però forse l'avrei lasciata parlare. Sarei stato così idiota da darle la possibilità di offrirmi una spiegazione su qualcosa che era già troppo palese per dover essere chiarito.

Il fatto è che, quando sono con lei, mi comporto da perfetto coglione. Il bisogno della sua pelle mi porta a commettere una cazzata dietro l'altra.

E temo che l'immagine delle sue labbra chiuse intorno alla mia erezione non sarà tanto facile da cancellare. L'ho sfidata a succhiarmelo per metterla in difficoltà e, dannazione, adesso sono io quello incasinato.

Sbuffo e stringo la mascella. Non ho decisamente bisogno di altre complicazioni nella mia vita, al momento.

- Posso aiutarla?

La ragazza dietro il bancone dell'accoglienza ha l'aria gentile. È giovane, ancora non ha perso la voglia di fare bene il suo lavoro.

O, forse, mi trova attraente: ora che lo guardo meglio, il suo sorriso pare proprio quello di chi spera in qualcosa. Non è niente a cui non sia abituato, e in un altro momento probabilmente avrei trovato la situazione stimolante. Ma adesso non sono proprio dell'umore giusto, il ricordo del culo di Camille rivolto verso di me è ancora troppo vivido e la ragione che mi ha impedito di scoparmela da capo e mi ha costretto a venire qui di corsa è troppo pressante.

- Sto cercando Theodore Highfield. Mi ha chiamato una sua collega, sono il suo contatto di emergenza.

Dirlo ad alta voce mi dà una strana sensazione. La gente sottovaluta certi dettagli, non capisce quanto possano rivelare su qualcuno.

Teddy è solo. Non ha nessuno che corra ad aiutarlo tranne un vecchio conoscente che preferirebbe non aver più nulla a che fare con lui.

E io... forse nemmeno io sono davvero andato avanti. Posso aver cambiato vita, aver fatto i soldi ed essere diventato qualcuno.

Però non sono davvero diverso dal ragazzino che doveva tutto al tizio ricoverato qui oggi.

Risolvo ancora le mie battaglie facendo a botte, con grande dispiacere del mio manager. Continuo a scappare dalle responsabilità e a mentire alle persone che mi vogliono bene. Porca puttana, mi sono scopato la sorellina di Leo. Di uno che non soltanto è un caro amico, ma che mi ha aperto le porte di casa sua nonostante tutto. Nonostante sappia delle risse, dei miei casini.

Nonostante sappia chi sono.

- Sicuro, deve salire al primo piano e svoltare a destra una volta uscito dall'ascensore - mi sta rispondendo la receptionist. Sbatte le ciglia una volta di troppo, rendendo i miei sospetti una certezza. - Scusa se ti disturbo, ma tu sei Jax LeBlanc, vero? Potremmo fare una foto insieme?

Decido di ignorare la mancanza di sensibilità di una persona che chiede un selfie a qualcuno che sta andando a trovare un caro in ospedale. Non che Teddy sia tecnicamente un mio affetto stretto, ma comunque il concetto rimane.

In ogni caso non ho voglia di discutere, quindi mi stampo sulla faccia un sorriso di circostanza e accontento la mia fan.

Il pronto soccorso del *Regional Health Science Center* a Thunder Bay è un'importante struttura medica che offre cure d'urgenza ai pazienti della regione. Situato in un edificio moderno e accogliente, è accessibile 24 ore su 24, sette giorni su sette, e garantisce una risposta immediata alle emergenze mediche che, di norma, qui non sono mai così numerose.

L'atmosfera è carica di una leggera tensione. C'è sempre qualcuno che manifesta disappunto per le attese prolungate, tipiche di un ambiente in cui molte persone cercano assistenza medica. Comprensibile. Anche a me girerebbero i coglioni se stessi male e fossi costretto ad aspettare.

Mi guardo attorno.

Le pareti sono dipinte con tonalità rassicuranti: beige e azzurro pastello. Ci sono anche delle fotografie che richiamano la natura e i paesaggi locali, immagino sia per aggiungere un tocco di familiarità e offrire conforto ai degenti.

I monitor informativi forniscono aggiornamenti sugli orari di attesa e sulla disponibilità dei medici e, in un angolo, sono collocati dispenser di acqua e distributori di bevande calde o fredde.

Quando finalmente riesco a raggiungere il punto che mi hanno indicato, non mi è difficile scorgere Teddy. È messo ancora peggio di quanto pensassi: il labbro spaccato e gonfio, un occhio pesto e nero, uno zigomo contuso e il naso... Be', quello non viene mai risparmiato in una rissa, giusto? È la prima cosa che si rompe, è risaputo.

Mi chiedo come sia messo il mio ex amico sotto il camice che gli hanno fornito qui in ospedale. Scommetto quello che volete che ha qualche costola rotta e lividi un po' ovunque.

- Non avevi detto di avere ancora del tempo?

Il tono mi esce scocciato. Visto che mi ero mostrato disponibile a dargli una mano, avrebbe almeno potuto essere sincero. Cosa ci ha guadagnato a mentire? È stato pestato e mi ha trascinato lontano dalla villa in un momento in cui invece sarei dovuto rimanere.

Il pensiero di Camille che esce dal bagno e non mi trova serpeggia nello stomaco, fastidioso. Quelle come lei non prendono bene certe cose. Era venuta per parlare e invece ha ottenuto di farmi un pompino e di essere messa a novanta.

Tra noi è finita, poco ma sicuro.

“Perché, era mai cominciata davvero?” insinua la mia coscienza. “Ti sei già scordato che ha un fidanzato? Che le piace un tipo di uomo che è il tuo esatto contrario?”

Già. Eppure continuo a ripetermi che forse avrei avuto una chance. E a chiedermi quanto mi costerà la stupidità di Teddy.

Serro la mascella.

- Sì, avevo ancora una manciata di ore a disposizione - sta intanto confermando il mio ex amico. Faccio fatica a comprendere ciò che dice a causa del labbro gonfio. - Ma ho combinato una cazzata.

Chissà perché, la cosa non mi stupisce. - Cioè?

- Ho pensato di andare a parlare con quelli a cui dovevo i soldi. Credevo che sarei riuscito a tranquillizzarli, spiegando che avrei pagato in maniera puntuale grazie al tuo aiuto.

Non so come io riesca a trovare la forza di non tirargli un pugno sul naso a mia volta, a rincarare la dose di quelli che ha già ricevuto. - Hai fatto il mio nome?

- Solo a titolo di garanzia. Per far capire che sarei stato in grado di saldare il debito.

È più stupido del previsto. Diavolo, è cresciuto per la strada, dovrebbe essere più sveglio. Capire che, ora che sanno di avere a disposizione un pollo da spennare, i suoi creditori alzeranno il tiro.

Finché pensavano di spremere un pesce piccolo come Teddy, non potevano pretendere chissà che. Ma io sono un giocatore famoso, comparso in TV in un paio di pubblicità e sono spesso sui giornali. Scommetto quello che volete che la cifra si è alzata.

- Ti hanno pestato perché ti hanno chiesto più soldi e ti sei opposto, dicendo che non era corretto.

Non si tratta di una domanda e, infatti, non ricevo risposta. Non è necessario, mi è sufficiente vedere l'umiliazione negli occhi di Teddy.

- Mi dispiace, amico - borbotta dopo un po'.

Non c'è più nulla della strafottenza di questo pomeriggio nella sua voce. È un uomo vinto, quello che ho di fronte.

- Ti mandano a casa stasera?

Lo vedo scuotere la testa, lo zigomo contuso ha un aspetto terribile sotto l'implacabile luce al neon. - Mi tengono in osservazione. Vogliono accertarsi che non abbia un trauma cranico o roba simile.

Annuisco. Una parte di me è sollevata di non dover trovare a Teddy una sistemazione per la notte. Sono proprio un pezzo di merda.

- E i tuoi compari? - chiedo. - Lo sanno che sei ricoverato? Il termine per il pagamento è slittato?

Lo vedo mordersi l'interno della guancia e fare una smorfia. Non capisco se è frutto delle botte prese e del labbro spaccato o se dipende dalla consapevolezza di aver messo entrambi nella merda. - Mi hanno dato appuntamento tra tre giorni. - Si interrompe, guardando verso il basso. - Credi riusciremo a mettere insieme la cifra richiesta?

Riusciremo? Vorrei chiedergli in quale punto della storia vede un noi in grado di sanare il suo debito, quando ci sono soltanto io.

Ma non mi sembra il caso di infierire, non mi darebbe soddisfazione prendermela con uno conciato così. Perciò mi limito a restare in silenzio, perché non voglio neppure dargli false speranze. La somma è cospicua, dovrò svincolare alcuni fondi e non sarà facile avere tanta liquidità in così poco tempo.

- Cerca di rimetterti in sesto - dico e, nonostante tutto, spero davvero che qui all'*Healt Center* si prendano cura di lui come si deve.

Un barlume della vecchia amicizia che ci univa torna a fare capolino, però lo soffoco. Non posso permettermi di perdere lucidità, in questo momento. Rischiamo troppo tutti e due.

- Ti ringrazio, J - borbotta. - Tornerò in piedi in un baleno.

Annuisco e, senza aggiungere altro, gli volto le spalle e mi dirigo verso l'uscita.

CAMILLE

Una settimana dopo

Entro nel Croissant Cove ancora furiosa, braccia incrociate e sguardo gelido. Jax è un idiota. La rabbia mi ribolle dentro come un vulcano in eruzione. Quello stronzo mi ha usata. Ha solo voluto punirmi perché ho osato avere un altro ragazzo oltre a lui.

Ma cosa sto dicendo?

Lui non è... oh, al diavolo!

Non gli darò il potere di rovinare le mie giornate. Sì. Ho il diritto di essere arrabbiata e delusa, ma sapete una cosa? Vaffanculo. Ho altro da fare oggi.

Già mi ha fatto andare di traverso il giorno del Ringraziamento, che di solito è uno dei miei preferiti dell'anno. Invece io, Leo e i bambini lo abbiamo trascorso sottotono, mangiando tacchino e salsa ai mirtilli ma senza il tocco di magia che accompagna certe ricorrenze.

Ma adesso è ora di piantarla.

Demeter mi ha chiamato per chiedermi aiuto con le decorazioni di Natale, che ogni anno mi pare si mettano sempre prima in tutti i locali commerciali. Finito il Ringraziamento, arrivano subito gli addobbi con i pini.

Non sono entusiasta di mettermi a creare fiocchi di neve, però sarà il giusto cambiamento di atmosfera per schiarirmi le idee e focalizzarmi su qualcosa di positivo.

- Che faccia. Che succede?

- Non ho voglia di parlarne. Ti prego, ho solo bisogno di un caffè e poi sono tutta tua per riempire questo posto con la magia del Natale.

Demeter alza un sopracciglio, poco convinta, ma non insiste. Sono sollevata, però sono anche convinta che la tregua non durerà. Se conosco la mia amica, approfitterà della prima occasione per mettermi di nuovo sotto torchio.

Non che possa biasimarla, io farei esattamente lo stesso. Insomma, prima torno a casa dall'università con la coda tra le gambe e faccio di tutto per evitare di spiegarle le ragioni della mia scelta. Poi le confesso malvolentieri quanto la situazione mi stia stretta e come mal sopporti l'amico sexy ed egocentrico di mio fratello che si è installato in casa nostra. Per concludere con un bacio a sorpresa del mio ex proprio davanti al suo stand al *Winter Festival*.

Svio la conversazione iniziando a chiedere come posso aiutarla a decorare il locale e fingo di essere super efficiente e calata nell'impegno che mi sono assunta.

- Be', come vedi ho già iniziato a sistemare qualche cosa - risponde. - È palese che sia restia a lasciar cadere il discorso, che spera che io ci torni su e mi lasci sfuggire un indizio. - Però vorrei trasformare le solite decorazioni con un tocco personale. Più intimo e diverso. Capisci cosa intendo?

Certo, lei è sempre riuscita a trasmettere i propri sentimenti attraverso i dettagli. Quando andavamo al liceo, il suo stile era leggendario non perché seguisse la moda, ma perché sapeva inventare piccole strategie che facevano la differenza: una pettinatura originale o un accessorio bizzarro trasformavano il vestito che tutte avevamo comprato dalla catena a bassi prezzi della città in qualcosa di differente. Ho sempre ammirato moltissimo la sua capacità di essere unica e di spiccare tra la folla.

Così ci mettiamo all'opera per trasformare il *Croissant Cove* in un vero e proprio paradiso natalizio.

Poco alla volta, mi lascio catturare dalla semplice gioia di fare una cosa bella in compagnia di una persona che amo. E inizio a rilassarmi e a sorridere di nuovo.

Dopo un paio d'ore, sospiro soddisfatta.

L'atmosfera del locale trasuda magia e calore sin da quando si supera la porta, che si apre con un tintinnio di campanellini, accogliendo i clienti con un abbraccio festoso.

Abbiamo sparso decorazioni natalizie ovunque: ogni angolo del caffè è stato trasformato in un delizioso, comodo rifugio invernale.

Demi ha disposto sui davanzali delle vetrine alcune ghirlande di vischio e rami di pino profumato, che regalano al *Cove* l'aria di un bosco incantato. Le loro foglie verdi si intrecciano agli aghi con grazia e creano una cornice davvero festosa.

L'atmosfera è aumentata dal glorioso profumo, dolce e intenso, delle spezie. Proviene dai biscotti e dai dolci appena sfornati dalla mia amica e mi solletica le narici.

Stecche di cannella legate con fiocchi rossi e bianchi sono state utilizzate anche per decorare i tavoli, insieme a bacche rosse e lucide che aggiungono una nota di colore e vitalità.

Sul bancone abbiamo posato ghirlande e perfino alberi di Natale in miniatura.

Insomma, il cuore non può non allargarsi e riempirsi di un fanciullesco stupore, davanti a tanta allegria.

Le bacche stesse danno l'impressione di scintillare quasi di gioia. Luci danzano sul soffitto come stelle cadenti. Hanno sfumature calde color argento che avvolgono ogni cosa, creando un'atmosfera irreale.

- Manca solo il tocco finale! - esclama Demeter, battendo le mani. Gli occhi le luccicano di una gioia birichina e sembra una bambina. - Sei pronta? Voglio mettere al centro del caffè un grande albero di Natale. Ma che dico grande, enorme!

Trattengo un sospiro. Scommetto quello che volete che mi farà lavorare un sacco.

- Ecco le decorazioni - dice infatti. - sarà splendido! Addobbato con led, palline colorate e fiocchi. Ogni ramo dovrà racchiudere un desiderio, una magia speciale per tutti gli avventori del *Croissant Cove*.

- Potremmo anche aggiungere candele sui tavoli - sorrido, travolta da tanto entusiasmo. - Per aggiungere un tocco di romanticismo e creare una sensazione di intimità.

- Brava! Vedi che sei un genio? "Siediti a godere un momento speciale con chi ami", metteremo questo cartello.

Dopo un paio d'ore, la caffetteria è diventata un'oasi di gioia e felicità.

- Wow, amica, è il luogo perfetto per condividere momenti speciali durante le Feste! - esclamo.

- Ah, sì - annuisce lei, soddisfatta. Poi mi fa l'occhiolino. - E tu con chi li vorresti passare? E non rispondere con i tuoi nipoti, perché non ti credo.

Mi rabbuio e guardo altrove. Cavoli, mi ero convinta che potesse rispettare la mia privacy e lasciarmi perdere. Invece Demeter stava solo aspettando che io abbassassi la guardia per tornare all'attacco.

- Mi sono appena lasciata con il ragazzo che ha condiviso con me mesi splendidi all'università - bofonchio. - Potresti anche darmi tregua e mostrare un minimo di tatto. Sono in una fase di riflessione.

Lei solleva di nuovo un sopracciglio, subdola. - Una fase dalle attraenti spalle larghe e dal sorriso malandrino?

A volte mi domando per quale ragione siamo amiche. - Da che parte stai? - sbotto. - Tu dovresti assecondarmi e sostenermi, non sfottermi e mandarmi ancora più in confusione.

- Non essere ridicola. Sono sempre al tuo fianco, ma questo non significa che sia cieca o che debba trattarti come una stupida e fragile bambolina di porcellana che rischia di andare in frantumi quando le si dice la verità. - Mi posa le mani su entrambe le spalle e mi rivolge uno sguardo limpido e pieno di dolcezza. - Camille, tu non stai così perché hai messo un punto fermo alla relazione con Josh. Tu sei confusa perché ti senti attratta da un tipo di ragazzo che non vorresti nemmeno prendere in considerazione. Per anni ti ho sentita ripetere quanto detesti il Lacrosse e i gorilloni che lo praticano. E Jax LeBlanc è...

- Non pronunciare il suo stupido nome!

Scuote la testa con tenerezza. - Anche se evitassi di parlare di lui, le cose non cambierebbero, ti pare? So che non è il genere di uomo che pensavi fosse adatto a te...

Mi libero dal suo tocco gentile. - LeBlanc non è adatto a nessuna! - ribatto, secca. - Ha dei problemi con la gestione del suo umore ed è un egoista e un narcisista. Solo una cretina o una tipa con il complesso della crocerossina potrebbero trovarlo interessante.

- Eppure, ciononostante, lui ti piace.

So che non lo dice per provocarmi, né per rigirare il dito nella piaga. La sua è una semplice constatazione, un dato di fatto cristallino e inoppugnabile.

Non trovo niente da ribattere, perché non voglio mentire alla mia migliore amica, che tra l'altro sta solo cercando di aiutarmi. Però non sono pronta neppure ad ammettere che ha ragione, che sono così stupida da essermi invaghita di un ragazzo sbagliato per me sotto tutti i punti di vista.

- Senti, forse non è così grave - ribatte, mentre si massaggia il mento con aria pensierosa. - Forse è una faccenda puramente fisica. Insomma, magari potresti risolvere tutto andandoci a letto.
Strabuzzo gli occhi. Non posso credere che lo abbia detto sul serio.
- Dai, non fare la moralista - ride davanti alla mia espressione, che deve essere in effetti piuttosto comica. - Anche le brave ragazze hanno dei bisogni, Camille. E tu non fai eccezione. Da quando sei tornata a Thunder Bay non hai fatto altro che pensare agli altri e a prenderti cura delle loro necessità, ignorando le tue. Perfino le carte te lo hanno confermato. - Fa spallucce. - LeBlanc è un gran figo e tu ce l'hai avuto in casa per giorni, se tu ci avessi fatto un pensierino sarebbe solo normale.

- Quindi per levarmelo dalla testa dovrei farmi ripassare come si deve? - domando, allibita.

- Un orgasmo aiuta a vedere i problemi in una prospettiva meno nera, è risaputo. Senza contare che il miglior modo per liberarsi da una tentazione è cedervi.

Non so se a farmi arrabbiare di più sia l'insieme di luoghi comuni (uno dei quali era già stato citato da Jax stesso) o l'assurdità della proposta. Fatto sta che perdo le staffe e mi trovo a sbatterle in faccia un segreto che avrei dovuto portare nella tomba.

- Ho già provato il tuo metodo e si è rivelato inefficace. Ogni volta che sono venuta grazie a lui non ha fatto che peggiorare la situazione.
Questa volta è lei a strabuzzare gli occhi. Sono felice di averla lasciata senza parole, avevo davvero bisogno di una tregua, però vorrei mordermi la lingua per aver parlato troppo.

Cosa mi è saltato in mente di spifferare di aver fatto sesso con Jax?

Abbasso lo sguardo e stringo i pugni, arrabbiata con me stessa e con il mondo.

- Ci vuole una tazza di cioccolata calda. - La voce di Demi è vellutata, così bassa e calma che, in qualche modo, riesce a calmarmi.

- Visto che andare a letto con un tizio sexy non è riuscito a farmi stare meglio, vuoi che provi con un diverso tipo di piacere?

Un sorriso furbo le compare in volto. - Proprio così. E poi si sa che, davanti a una montagna di carboidrati si è più propensi a raccontare dettagli scabrosi. Io intendo conoscerli tutti, uno per uno.

Sempre più in preda all'imbarazzo, mi accingo a seguirla fino al bancone e ringrazio la mia buona stella perché è il giorno di chiusura del locale e nessuno può sentire la nostra conversazione. Resto a tormentarmi le mani, mentre lei inizia ad armeggiare con il cacao pregiato e le spezie e passa poi a montare la panna. Scommetto che ci metterà persino i mini marshmallow, vuole proprio andare fino in fondo con l'idea di intontirmi con le endorfine prodotte dagli zuccheri.

Detesto ammetterlo, ma la strategia potrebbe anche funzionare. Ho davvero un debole per la cioccolata calda, se poi siamo in prossimità delle feste natalizie la mia dipendenza diventa ancora più marcata. Senza contare che Demeter è un asso nella preparazione di qualsiasi dolce, ha un tocco magico capace di trasformare una semplice bevanda in pura estasi.

Insomma, triste e demoralizzata come sono, mi trovo nello stato perfetto per cadere preda del suo amorevole raggiro.

Mi arrampico su uno degli sgabelli e incrocio le braccia sul banco, posandovi sopra la testa con aria sconfitta. - Sono un caso senza speranza. Dovrei sapere che un certo tipo di uomini usa le ragazze solo per sentirsi importante e poi le getta via come kleenex. È uno schema classico che avrei potuto prevedere. E pensare che studiavo persino psicologia!

- È sempre più facile vedere le cose con chiarezza quando non si è coinvolti - mormora Demi, posando di fronte a me una deliziosa tazza rosa pallido colma di cioccolato caldo al peperoncino, coperto da tonnellate di panna montata. - Per questo i terapisti sono più bravi con i problemi degli altri che con i loro. - Si siede dall'altra parte del bancone e allunga le braccia fino a sfiorare le mie in una carezza. – E, per la stessa ragione, magari potrebbe esserti utile confrontarti con me. Se lo vuoi e se ti fa stare meglio, altrimenti ci limiteremo a ingozzarci di dolci e a utilizzare la cura del cacao, che per esperienza offre comunque delle soddisfazioni.

Sollevo appena la testa e, mio malgrado, mi ritrovo a risponderle con un sorriso.

Ecco perché è la mia migliore amica: riesce sempre a trovare la cosa giusta da dire, a sdrammatizzare ogni situazione e a farmi sentire che, per quanto grave possa essere il guaio in cui mi sono cacciata, non lo devo affrontare da sola.

- Sono stata con Jax - pigolo.

Lei annuisce. - Sì, questa era l'unica parte che avevo capito. È stato dopo che ti ha visto baciarti con Josh? Avete tipo litigato e fatto pace?

La guardo per un istante, incerta su cosa rispondere.

Demeter prende il mio silenzio come una risposta affermativa e prosegue. - D'altra parte, perdona la franchezza, era palese che tra voi ci fosse una enorme tensione sessuale quando ci siamo incontrati al *Winter Festival*. Era scontato che sareste finiti a rotolarvi tra le lenzuola di lì a poco, l'arrivo del tuo ex ha soltanto rallentato l'inevitabile.

Sospiro e prendo tempo sorseggiando la cioccolata. - Sì, sono andata a casa sua dopo lo spiacevole malinteso che si era creato. Ma è peggio di quanto pensi.

Piega il capo, in attesa che io continui la confessione. Però non faccio altro che abbassare gli occhi e tacere.

- Cannella sulla panna? A me il contrasto tra il dolce e il piccante piace sempre.

Versa un po' di spezia senza nemmeno attendere la mia risposta e io mi trovo a chiedermi se stiamo ancora parlando della bevanda o della relazione tra me e LeBlanc. *Dolce e piccante* potrebbero descriverla alla perfezione. Ma sarebbe necessario aggiungere altri aggettivi, come folle e amara.

- A essere sincera non so cosa ci sia stato di preciso tra noi. Tutto quello che posso dire è che mi sentivo in colpa per la scena a cui l'avevo fatto assistere davanti al tuo stand. Insomma, non è che stessimo insieme o altro, però...

- Vi eravate già baciati? Questo spiegherebbe perché tu ti ritenessi una stronza.

Faccio una smorfia. Non ho il coraggio di rivelare tutta la mia debolezza a Demeter dato che, l'ultima volta in cui sono stata qui al *Croissant Cove*, ho spergiurato di detestare LeBlanc e di non essere minimamente attratta da lui.

- Cami, sul serio, inizio a preoccuparmi. Quante volte sei finita a letto con l'amico di tuo fratello?

- Neanche una! - ribatto, svelta. Poi mi ricordo che quella che ho di fronte non è una giudice, bensì la mia amica del cuore e aggiungo. - Però abbiamo fatto sesso in piscina e sul divano. Per non menzionare un certo interludio in uno sgabuzzino...

Demi sputacchia un po' della cioccolata che stava bevendo. - Cioè hai una relazione segreta con un giocatore di Lacrosse?

- Mai - ribadisco, seria. Poi mi affloscio. - No, nessuna relazione. Come ti ho detto non credo fosse niente neanche mentre scopavamo, figuriamoci adesso.

Finisco con l'essere sincera e raccontarle ogni cosa. Dalle schermaglie dei primi giorni in cui lui era ospite a casa nostra, alla nostra conversazione al Palazzetto dello Sport, a tutto quello che è seguito. Non tralascio neppure il modo freddo in cui mi ha liquidata dopo avermi travolta in una sessione di sesso selvatico alla villa.

Sbuffa e scuote la testa. Però non lo fa con aria giudicante, né perché è delusa dal mio comportamento. Si sente solo incapace di aiutarmi, la conosco e so che il suo modo di starmi vicino sarebbe quello di spazzare via tutti i problemi per farmi tornare a sorridere. Il fatto di non avere una soluzione a portata di mano la rende frustrata.

- Va bene, resta una sola cosa da fare - sentenzia alla fine. Ha un'aria risoluta.

- Aggiungere alla cioccolata anche una fetta di torta al rum? - chiedo, speranzosa.

- Intendevo andare a parlare con LeBlanc. Avere un confronto civile con lui, da adulto ad adulto, senza bugie e trucchetti e smettendo di fingere che non ti importi.

La guardo con aria di compatimento. - Credo di essermi umiliata a sufficienza, grazie tante.

- E dai, Cami! Magari aveva una ragione per tagliare la corda così in fretta, quel pomeriggio.

- Intendi una ragione diversa dal farmi capire che non gli interesso?
Scuote la testa e incrocia le braccia. - Guarda che io l'ho visto al *Winter Festival*. Non aveva per niente l'aria di uno poco interessato a te.

- Tu mi vuoi bene, non sei obiettiva.

- E tu pensi troppo male degli attaccanti di Lacrosse per credere che lui potesse essere sincero. Non gli hai nemmeno detto che tra te e Josh è finita!

Metto il broncio.

No, non posso nemmeno prendere in considerazione l'idea che abbia ragione. Che, in qualche modo, sia stata io a rovinare le cose tra me e LeBlanc.

- Non importa, non sarebbe durata in ogni caso. Io e lui non abbiamo niente in comune, siamo come il giorno e la notte. E adesso, ti prego, cambiamo argomento. Ho bisogno di distrarmi e di assumere altri zuccheri. Ero seria, prima, riguardo alla torta al rum.

Demi apre la bocca, però poi la richiude senza aver detto nulla. Mi rivolge un sorriso comprensivo, quasi materno, e si volta a sollevare la cupola di vetro che custodisce l'agognato dolce che le ho chiesto.

Quando ne taglia una fetta e l'appoggia su un piattino, sento parte della tensione sciogliersi e mi concedo un sospiro. Ho già detto che le voglio bene?

JAX

Ci alleniamo in un campo regolare all'aperto, circondato dalla natura incontaminata del Canada, nonostante il freddo pungente. Centodieci metri per sessanta in cui la squadra si riunisce ogni giorno per mettere alla prova le abilità, affinare le tattiche e prepararsi per le sfide della stagione che sta per cominciare.

La leggenda della nascita di questo sport, tra le tribù dei nativi americani, narra di squadre composte da più di mille giocatori, di campi da gioco lunghi quasi quindici miglia e di partite che duravano giorni interi per ottenere la benevolenza degli spiriti o per prepararsi alla guerra.

Il gioco del diavolo, lo ha definito un missionario gesuita. Cazzate. A me piace pensare che, quando affrontiamo una partita, siamo come dei veri guerrieri e niente ci può fermare. Alzo lo sguardo sul grande cartellone dei *Thunder Bay Gladiators*: è posizionato con orgoglio sulle tribune, costante promemoria del valore e dell'onore di essere parte di questa prestigiosa squadra.

Questo è l'unico posto in cui ho bisogno di stare adesso.

Il Lacrosse è il mio rifugio.

Il coach prende il comando del campo.

- Il nostro è uno sport che richiede impegno, passione e dedizione, e so che ognuno di voi ha queste qualità dentro di sé - ama fare questi discorsi motivazionali prima di ogni allenamento. - Ogni volta che indossate la maglia dei *Gladiators*, ricordate cosa rappresenta. Non solo il vostro talento e la vostra abilità sul campo, ma anche la bellezza di appartenere a questo team. Siete ambasciatori della nostra città e della nostra comunità, e portate con voi l'orgoglio e l'energia di tutti i tifosi che ci sostengono.

I miei compagni sono concentrati, attenti. I miei cazzo di pensieri invece vanno in tutte le direzioni.

- Sono fiero - fa una pausa. - Di ognuno di voi.

Mi guarda. Anche se ho spaccato la faccia di un avversario in campo, quest'uomo continua a credere in me. Mi fa sentire parte di qualcosa di più grande.

I ragazzi sono la cosa più vicina a una famiglia che posseggo. Eppure nemmeno a loro riesco a raccontare la verità.

Inizia l'allenamento, finalmente.

Una serie di esercizi di riscaldamento, salti, stretching e brevi corse che hanno lo scopo di preparare i muscoli, mi aiuta a spegnere il cervello concentrandomi solo sulla fatica. Il coach ci divide in gruppi: lancio, ricezione, groundball. A seguire, tattiche di squadra. Oggi lavoriamo sugli schemi difensivi.

Sugli spalti c'è casino. Come sempre. Il coach ha deciso che, visto che siamo quasi eroi nazionali per la cittadina, gli allenamenti di routine debbano essere aperti al pubblico.

Noto alcune tifose che ci guardano con gli occhi a cuore. Alcune di loro sono anche carine. Posso sentire i loro occhi puntati su di me mentre mi muovo sul campo.

- Jax! Guarda qui, sei fantastico!

Mi chiamano per nome. Le saluto con la mano e mando loro un bacio, mentre sollevo la stecca. I supporter non vanno mai delusi.

In passato, non avrei perso l'occasione di rimediare una sveltina. Ma oggi non è giornata.

- Tutto a posto?

Noah mi si avvicina.

- Certo - rispondo stando sul vago, cercando di nascondere ciò che mi sta davvero tormentando.

Non posso dirgli che qualche giorno fa ho sganciato una somma piuttosto rilevante a degli usurai perché un avanzo di galera mi sta ricattando.

È una situazione pericolosa, e coinvolgere Walker significherebbe metterlo a rischio. È meglio che tenga tutto per me.

Ho imparato a celare i miei segreti dietro a una maschera di apparente sicurezza. Sono un asso in questo.

Ho pagato quei tizi per Teddy. Ci siamo incontrati in un vicolo buio, come nei peggiori film di malavitosi e gli ho consegnato la borsa con i contanti, sperando di mettere fine a tutto ancora una volta.

Non servirà a molto, se il mio ex amico non si dà una regolata. Ho saputo che il debito l'ha contratto per aver esagerato con il gioco d'azzardo.

Quel ragazzo è caduto vittima di una pericolosa dipendenza, deciso a ottenere la grande vittoria che avrebbe risolto una volta per sempre tutti i suoi problemi. Si è aggrappato alla speranza di un colpo di fortuna che gli avrebbe cambiato la vita.

Coglione. Non lo sa che le probabilità sono progettate per essere sfavorevoli al giocatore? Nel lungo termine, le perdite superano sempre le vincite. Non importa quanto scommetti, sei destinato a buttare via i tuoi soldi. Sempre.

E sapete qual è la cosa che mi fa incazzare di più? Che non mi ha chiesto aiuto per uscirne, ma solo per pagare quei cazzo di strozzini.

Come ho detto, coprire i suoi debiti non risolverà nulla, è solo un palliativo temporaneo.

Per un sacco di tempo ho finto che Teddy non esistesse, ho cercato di dimenticare quello che siamo stati l'uno per l'altro, quando eravamo solo dei ragazzini, ognuno con i propri demoni da affrontare.

Una parte di me vorrebbe continuare a fingere che il passato non abbia importanza, ma un'altra - che non riesco più a mettere a tacere - vorrebbe pestare quel cretino fino a riportarlo alla ragione.

- Sicuro? Sembri distratto oggi.

Cazzo.

- Ho un po' di pensieri in testa - ammetto alla fine, cercando di essere il più evasivo possibile.

- Ehi, sai di poter contare su di me, giusto?

Sono consapevole che sia vero. Che a questi ragazzi potrei raccontare chi sono veramente senza che mi voltino le spalle. Ma non ce la faccio. Ho imparato a contare solo su me stesso e sulle mie capacità, senza mai chiedere aiuto a nessuno.

- Dai, hai fatto una cazzata con i *Calgary Rocks*, ma il coach ti ha già perdonato – aggiunge Noah. - Non hai da preoccuparti per la stagione. Inizierà alla grande.

- Già.

Okay. Il discorso ha virato su argomenti in cui mi trovo più a mio agio, quindi mi butto nella discussione, che prosegue tra scambi di palla e battute.

È vero, la stagione sta per cominciare e io non posso consentirmi distrazioni. Devo restare concentrato e smetterla di tormentarmi con pensieri che riguardano il passato.

Ciò che è stato è stato e non si può cambiare. Che riguardi Teddy e i suoi errori o Camille e gli sbagli che ho commesso io, non fa nessuna differenza.

CAMILLE

Dieci giorni più tardi

Sono una brutta persona. È ufficiale ormai.

Se mi fossero rimasti un po' di gentilezza e di amore per il prossimo, non mi trascinerei stancamente e controvoglia verso il *Croissant Cove*, ma ci andrei con un sorriso stampato in faccia e la consapevolezza di star compiendo una buona azione.

Come tutti gli anni, infatti, Demi si è trasformata nella fatina buona del Natale, pronta a regalare un sorriso a chi ne ha più bisogno. Il locale ospita una raccolta fondi per aiutare le famiglie in difficoltà di Thunder Bay, in modo anonimo e discreto. L'intento è quello di non limitarsi ad augurare "buone Feste", ma di far sì che tutti possano vivere sul serio un periodo sereno e gioioso.

L'anno scorso non ero qui per darle un aiuto. Mi trovavo in Alberta, impegnata in una sessione di esami particolarmente impegnativa, quando una telefonata dell'ospedale mi ha spinta a mollare tutto per correre da mio fratello. Juliet è peggiorata di colpo e l'intera famiglia è stata poi travolta dal lutto. A gennaio, dopo il funerale, Leo mi ha costretta a tornare al campus. Però non sono riuscita a restare lì, ad andare avanti con la mia vita come se niente fosse mentre loro affondavano sempre più. E lo scorso maggio ho definitivamente fatto ritorno.

Ecco, è questo il punto. Iniziative come quella di Demeter rappresentano lo stesso spirito: aiutare gli altri e prendersi a cuore i loro bisogni.

Perciò credo sia importante sostenere il progetto, anche se ho ancora il cuore pesante a causa di quel cretino di Jax. So che questa per molti potrebbe sembrare una semplice lotteria con vendita di torte, ma rappresenta molto di più. Offre un senso di comunità, di unione. Perché Thunder Bay è una cittadina in cui tutti abbiamo cura l'uno degli altri.

Quando entro nel caffè, vengo accolta da un allegro scampanellio e da un insieme di voci. È evidente che molte persone siano già arrivate e siano intente a chiacchierare tra loro.

Sono orgogliosa nel constatare l'effetto che il locale - trasformato in un vero e proprio incanto natalizio con le decorazioni di vischio, pini, cannella e bacche che aggiungono quel tocco di magia che rende tutto così speciale - ha sui miei concittadini.

Ha contribuito a farli rispondere con entusiasmo all'iniziativa di Demeter. Scommetto che in tanti parteciperanno alla lotteria, acquistando dolci e portando generosi regali per i bambini meno fortunati.

Vedere tutte queste persone riunite per aiutare chi ha bisogno mi riempie il cuore di gioia. È incredibile come l'imminente inizio del periodo delle Feste possa ispirare così tanto spirito di solidarietà.

- Eccoti, finalmente! – mi travolge Demi, passandomi un grembiule con l'allegro logo del *Croissant Cove*, una brioche dorata avvolta da spirali di vapore di caffè, con le immancabili stelle e la mezzaluna tanto amate dalla proprietaria. – C'è un sacco da fare. Mettiti lì e spiega ai nuovi arrivati come funzionerà la raccolta fondi. E, mi raccomando, falli sedere e da' loro il menù, così possono ordinare le meraviglie che ho preparato ieri con mamma e che stiamo ancora sfornando.

Un'ora passa senza che nemmeno me ne accorga: la mia amica e io lavoriamo fianco a fianco, coordinando gli sforzi per garantire che tutto sia perfetto.

- Queste torte sembrano davvero deliziose – esclamo. - Sono sicura che le esauriremo in pochissimo tempo.

Nel frattempo, terminato il compito di accoglienza, sono stata coinvolta anche nelle attività della cucina.

Cioè, Demi sta sfidando la sorte. Non sono certo un asso ai fornelli ma, sotto la sua guida, tutto fila liscio e avere la mente impegnata mi fa bene.

Osservo le persone partecipare alla lotteria, piene di entusiasmo e sorrisi: tutti sperano di vincere uno dei fantastici premi messi in palio. La sala è viva e risuona delle voci delle persone e del tintinnio delle tazzine di caffè. Mi sento quasi commossa dalla buona riuscita dell'evento: finalmente mi sento di nuovo utile, dopo giorni passati nell'autocommiserazione e nella rabbia.

Mentre tiriamo fuori dal forno le ultime crostate alla zucca, il profumo irresistibile riempie l'aria. I clienti si avvicinano, attratti dai dolci esposti, e io li accolgo con tutta la gentilezza che riesco a racimolare. D'altronde, vado fiera di aver contribuito alle torte: ho messo io la cannella!

Un signore anziano si avvicina e chiede. - Sono curioso di assaggiare una di queste delizie, quale mi consiglia, bella signorina?

Demeter mi dà di gomito e mi fa l'occhiolino. - Questa qui davanti è una delle mie preferite. Ha un tocco davvero unico.

Il signore annuisce e ne prende una fetta. Il suo viso si illumina quando la assapora, e mi sento felice di aver deciso di darmi una scrollata e di partecipare alla raccolta fondi, alla fine.

Il caffè continua a riempirsi di clienti. Mentre la proprietaria si occupa della cassa, io continuo a sorridere – mi fanno male le guance, sul serio! - e a ringraziare ogni persona che partecipa alla lotteria o compra un dolce.

La signora Smith, la proprietaria dell'emporio qui accanto, entra con un pacco ben incartato, decorato con un grosso fiocco dorato. Lo depone sotto il gigantesco albero di Natale che campeggia al centro del *Cove*. - Ho portato dei giocattoli per i bambini.

- Lo apprezziamo tanto, è un gesto meraviglioso.

Altre persone seguono il suo esempio: le vedo entrare con scatole e sacchetti, alcuni imballati con cura e altri realizzati in modo creativo e personalizzato.

Sono un po' stupita della gara di solidarietà che si è sviluppata fra i miei concittadini. Stare a Edmonton, nell'Alberta, mi aveva fatto dimenticare quanto fosse affettuosa la gente di Thunder Bay. O forse, prima di andarmene, ero solo troppo desiderosa di esplorare il mondo per apprezzare davvero ciò che avevo a portata di mano...

Comunque, non c'è che dire: il periodo che va dal Ringraziamento al Natale ha davvero il potere di tirare fuori il meglio in ognuno di noi.

Non faccio in tempo a pensarlo, che i miei buoni sentimenti si mutano in cenere. La mia gioia si spegne di colpo, non appena vedo Jax entrare dalla porta del locale.

Che cavolo ci fa qui?

Non dovrebbe essere da qualche parte a rincorrere una stupida palla?

Il suo sorriso accattivante e l'aspetto atletico sembrano catturare l'attenzione di tutti i presenti. Maledetto.

- Eccoti, cominciavo a darti per disperso.

L'esclamazione di Demeter, che gli si avvicina con calore e lo abbraccia perfino, è una pugnalata nella schiena.

Che diavolo crede di fare? Ha invitato qui la mia nemesi, il cattivo del mio film personale, dopo tutto quello che le ho confidato?

Traditrice. E io che l'ho aiutata in tutte le maniere possibili. Si meritava che aggiungessi lassativo alle sue crostate, altro che cannella!

- Non sarei mancato per niente al mondo - risponde lo stronzo, mellifluo. – Ho molto a cuore la gioventù di Thunder Bay.

Dubito che sia sincero, a meno che con "gioventù" non intenda le ragazze che gli fanno gli occhi dolci. Eppure tutti i presenti sembrano credere alla sua buona fede. Non leggono i giornali? Non guardano la tv? Cavolo, non è certo un buon samaritano. Lui è il diavolo tentatore.

- Vieni, ho allestito un tavolo per gli autografi - continua Demeter. - Le foto con i fan invece le puoi scattare qui davanti agli addobbi, verranno un incanto! E ricordati di far lasciare un'offerta per la beneficenza a tutti.

Cosa dovrei fare? Una parte di me sarebbe pronta a strappare via il grembiule e a mandare a quel paese le buone cause, il *Croissant Cove* e tutte le Feste comandate.

Ma la mia coscienza me lo impedisce. Ho fatto una promessa e devo portarla a termine, per quanto mi costi. I bambini non hanno nessuna colpa se la mia vita comprende un'amica doppiogiochista e un giocatore di Lacrosse bastardo.

Decido comunque di rifugiarmi in cucina per un istante, con la scusa di prendere altro caffè da macinare. In realtà, ho bisogno di fare qualche respiro profondo e di ricompormi.

Mi sarebbe tanto piaciuto non provare niente, nel rivedere LeBlanc, invece sento ancora il cuore e la testa in subbuglio davanti a lui.

Mentre sto cercando di tornare padrona di me stessa, mi accorgo di una presenza alle mie spalle. È Demi, ovviamente. La serpe.

Mi giro verso di lei, espressione tesa e occhi carichi di frustrazione. - Credevo ti importasse di me. Perché non mi hai detto che sarebbe venuto qui oggi? Ti ho raccontato tutto, nei dettagli, e tu te ne sei fregata.

- Non ho complottato alle tue spalle. Si è offerto lui, ha detto di aver visto il volantino della raccolta fondi e mi ha proposto di intervenire in modo da poter aumentare l'afflusso di gente e gli incassi per la beneficienza. Che dovevo fare? Non potevo rifiutare. Credevo che fosse una sorpresa piacevole per i clienti.

- L'hai fatta anche a me, la sorpresa! – Non ci vedo dalla rabbia. - Hai pensato che mi sarei sentita a disagio? Se proprio non volevi rinunciare alla sua presenza, avresti potuto lasciare a casa me.

Non sembra minimamente in colpa. – Ho valutato la faccenda con attenzione, in realtà – risponde, comprensiva. – E mi sono detta che era il destino che ti stava offrendo un'opportunità di chiarire le cose. Sappiamo entrambe che non potete fare finta di niente ed evitarvi per sempre.

- Certo che possiamo! Ci siamo riusciti alla grande, negli ultimi tempi.

La perfida agente del karma scuote la testa con dolcezza e, a sorpresa, mi abbraccia. – Andrà tutto bene, alla fine.

Torna nel locale, lasciandomi inebetita. Come diamine fa a essere sempre così zen? Riesce a irritarmi e a consolarmi nello stesso tempo. Secondo me, mette qualcosa nelle torte...

Man mano che le persone defluiscono, annunciando di fatto la fine dell'incontro, sento la rabbia aumentare. Sì, fino a questo momento sono stata in grado di trattenerla tenendomi impegnata, ma ora la sento bruciare dentro di me con un'intensità mai provata prima. Incontenibile.

Perché, ehi, ci può anche stare che uno sia nato stronzo. Insomma, non è una bella cosa e si dovrebbe cercare di migliorarsi, però può capitare. Ma che questo stesso individuo si spacci per ciò che non è, per un ragazzo gentile, per un filantropo addirittura, davvero non lo riesco ad accettare.

Ho assistito tutto il pomeriggio alla pantomima di LeBlanc che fingeva di avere a cuore le sorti dei bambini meno fortunati di Thunder Bay. Adesso è giunta l'ora di fargli ammettere le vere ragioni per cui è qui: darmi fastidio e mettermi a disagio davanti all'intera città.

- Cosa credevi di fare? - lo affronto, infilandomi sul retro per fargli confessare tutta la verità.

Sta sfilandosi la maglia della squadra per tornare vestito in borghese prima di lasciare il *Croissant Cove*. Lo becco così, e un barlume degli addominali scolpiti mi coglie di sorpresa e mi fa abbassare la guardia. Ha un tatuaggio con la scritta *Trust* sull'anca, che mi spinge a ricordare quanto, in realtà, lui sia del tutto inaffidabile.

Si volta verso di me, sembra stupito e ha anche la faccia tosta di assumere un'espressione perplessa, come se non capisse di cosa io stia blaterando. - Mi stavo mettendo una camicia per tornare a casa - risponde.

Però mica si riveste, resta lì mezzo nudo perché sa che questo manda in corto circuito le mie capacità cerebrali. Gioca sporco, come sempre. Tra noi la partita non è mai stata a base di Fair Play.

- Intendevo con tutta questa sceneggiata dell'essere un membro attivo della comunità che si preoccupa per i più piccoli. A te non importa niente della raccolta fondi, né delle iniziative benefiche!

Fa una smorfia. - Certo, perché io sono un pessimo soggetto e quindi non ho il diritto di avere buoni sentimenti neppure un giorno all'anno. Cazzo, Miss Stress, sei davvero piena di preconcetti.

E ha il coraggio di voltarmi le spalle, come se la discussione fosse finita. Però non lo è, giusto? Nemmeno se la sua schiena è una visione perfino più tentatrice degli addominali.

Diavolo, se non sto attenta finirò per cedere alla tentazione e offrire un replay del nostro interludio nello sgabuzzino del Palazzetto dello Sport.

- Ammettilo, sei venuto qui oggi solo per farmi impazzire. Per sbattermi in faccia quanto tutte le donne di Thunder Bay ti trovino irresistibile, dalle bambine di sei anni alle nonne.

Corruga la fronte, ma non gli lascerò portare avanti le sue bugie e farmi credere che sia una pazza che si è immaginata tutto.

- Sul serio vuoi negarlo?

Sospira. Mi rivolge uno sguardo così intenso che mi sento trapassata da parte a parte, come una farfalla catturata e appesa alla parete con uno spillo. Non riesco a muovermi, quasi mi è impossibile perfino respirare.

- Camille, tutto quello che vorrei sbattere sei tu. Non me ne frega un accidente di fare giochetti, anche se ammetto di sentirmi lusingato dal fatto che tu sia gelosa perfino delle vecchiette e delle bimbe con le trecce.

Deglutisco. Non mi aspettavo che dalla sua bocca uscissero parole del genere. Che sono una specie di insulto, lo ammetto, però contengono anche un'ammissione di debolezza.

Allora anche lui mi desidera ancora. Nonostante le incomprensioni, i silenzi e le ripicche.

Anche lui pensa a me.

Ho bisogno di capire. Perché mi ha piantata in asso alla villa, se non aveva intenzione di chiudere quello che stava succedendo tra noi? Dove vuole arrivare?

Il cuore mi è risalito in gola e non riesco a pensare in maniera lucida, soprattutto perché Jax continua a restare senza maglietta.
Gli punto un dito contro con fare accusatorio. - Potresti rivestirti una volta per tutte, santo cielo?

- Altrimenti non rispondi delle tue azioni? Rischi di saltarmi addosso e di abusare di me?

Ride, mi sta prendendo in giro. Non sa quanto sia vicino alla verità.

Si infila la camicia e la abbottona con gesti lenti. Lo fa apposta, è ovvio.

Mi riscuoto. - Quindi non sei venuto al *Croissant Cove* per irritarmi?

Vedo le spalle piegarsi, come sotto la spinta di un peso di cui non conosco l'origine. - Sono qui perché mi interessa la causa per cui la tua amica sta raccogliendo fondi.

- Sei diventato di colpo un bravo ragazzo? - chiedo, sarcastica.

- No, però sono stato un bambino in difficoltà. E non l'ho scordato.

Sbatto le palpebre, colta di sorpresa. Sta cercando di confondermi? Per un attimo prendo in considerazione l'ipotesi che si tratti di un'elaborata strategia per ingannarmi di nuovo.

Ma poi lo vedo abbassare lo sguardo e contrarre la mascella e mi rendo conto che gli è costato rivelarmi questo tassello della sua vita. Per una volta, sta dicendo la pura e semplice verità.

Così mi ritrovo anche io a guardare verso il pavimento, preda di un improvviso senso di colpa.

Come già era accaduto al Palazzetto dello Sport, quando avevo messo in dubbio la mia razionalità a proposito del Lacrosse, mi chiedo se io non stia compiendo un errore di valutazione con LeBlanc.

"Hai già pensato una volta che potesse essere una brava persona e non il pezzo di idiota prepotente che appare quando è sul campo. E com'è finita? Ti ha piantata in asso con un biglietto dopo essersi preso quello che voleva."

- Senti, non ha molto senso continuare questa conversazione. Perciò, se non ti dispiace, ho da fare - taglia corto, afferrando il giubbotto che aveva appeso a un gancio alla parete. - Suppongo che anche tu abbia degli impegni con il perfetto fidanzatino. Sei stata qui tutto il giorno, non vedrai l'ora di correre da lui.

Se non mi trovassi di fronte a Jax, leggerei una punta di gelosia in questa affermazione. Invece so che si tratta solo di una maniera per liquidarmi e liberarsi di me senza troppe cerimonie.

Non se la caverà così facilmente. So che è stupido e anche masochista, dato che è ovvio che non abbia nessun tipo di interesse per me, ma ho bisogno di sentirglielo ammettere. Una parte di me riuscirà a chiudere questa storia e ad andare avanti solo quando lo avrà udito pronunciare ad alta voce le parole "ti ho presa in giro".

Perché sì, per quanto idiota possa essere, io mi ero illusa. Avevo sperato che avremmo potuto trovare un punto di incontro e smettere di farci la guerra. Ero persino arrivata a dispiacermi per averlo ferito in seguito al bacio con Josh.

E proprio non riesco a catalogare quello che c'è stato tra noi come semplice sesso con un bastardo.

- Devi scappare anche stavolta? - sbotto quindi. - Quasi mi sorprende che tu non ti sia congedato prima, magari con un biglietto.

Mi rivolge un'occhiata gelida. - Stai davvero accusando *me* di essere stato scorretto?

Cioè, fa sul serio? - Mi hai piantata in asso con tre righe, dopo avermi scopata con forza, specificando di levare il disturbo perché probabilmente non saresti rientrato da solo. Riesci a immaginare un comportamento più da pezzo di merda di questo?

- Ovviamente. Tipo baciare un'altra persona con cui hai una relazione che hai scordato di menzionare.

Ha fatto un passo avanti e incombe su di me. Posso quasi sentire l'elettricità scorrere tra noi, una forza potente e feroce capace di mandarci su di giri e di distruggerci. Ci attrae l'uno verso l'altra, è destinata a farci entrare in collisione.

Se ora ci lasciassimo andare, il nostro bacio avrebbe la potenza del fulmine. Sarebbe luminoso, eccitante, in grado di togliere il respiro... E lascerebbe dietro di sé solo devastazione.

Inspiro a fondo, decisa a contrastare il magnetismo che mi attira verso le labbra di LeBlanc.

Non sarò debole. Non sceglierò di abbandonarmi di nuovo alla marea delle sensazioni che mi travolgono.

- Dovremmo parlarne fuori di qui - annaspo, in cerca d'aria. - Con calma e in un luogo pubblico.

Un ghigno gli si dipinge in volto. Si sta godendo la vittoria. Ho appena ammesso di non essere in grado di resistergli, cosa che per lui, così egocentrico e narcisista, deve rasentare il paradiso.

Perciò cerco di sviare la sua attenzione e confesso quello che ero già andata a chiarire alla villa e che mi è invece rimasto in gola. - Comunque, per essere precisi, non stavo più con Josh. Io e lui ci eravamo presi una pausa e...

- Non davate questa impressione - mi interrompe, sarcastico.

- Vaffanculo, Jax LeBlanc! - Adesso inizio davvero ad averne abbastanza. - Ti sto spiegando come stanno le cose e mi dispiace se non rispecchiano i tuoi pregiudizi. Non ho ragione per mentirti, non ho segreti da nascondere. Sono solo io, una noiosa ragazza che ha lasciato l'università - e il boyfriend che aveva lì - per stare con la sua famiglia. - Mi salgono le lacrime agli occhi e mi maledico per essere così vulnerabile davanti a questo coglione. - Una stupida che è venuta a letto con te pur sapendo che sarebbe finita malissimo. Ne ero certa, cazzo, ero sicura che tra noi non avrebbe mai potuto funzionare! E non riesco a capire perché allora mi ferisca tanto...

Mi guarda in silenzio. I suoi occhi sono profondi, acuti. Mi scrutano con un'espressione che non riesco a decifrare con esattezza, però hanno perso il cinismo di poco fa.

Lo sguardo che mi sta esaminando non è più tagliente e superiore. Tuttavia resta guardingo.

Dopo un lungo momento, LeBlanc lascia andare un sospiro. Vedo le sue spalle piegarsi e capisco che sta in qualche modo abbassando le difese. Si sta togliendo la maschera.

- Quando ho scritto quelle righe, non intendevo che sarei tornato alla villa con un'altra ragazza. Ho usato un'infelice scelta di parole, lo ammetto, ma ero...

Si interrompe. Scuote la testa, come se stesse cercando il modo di esprimere un concetto troppo complicato.

- In collera? - chiedo, cercando di venirgli in soccorso.

- Sì, ma non con te. Cioè, forse anche con te, in effetti. Ma soprattutto con qualcun altro. - Si ferma di nuovo, corruga le sopracciglia. - Io sono un casino, Camille. Quindi non dovrebbe sorprendere che riesca a mandare a puttane ogni cosa, nella mia vita. - Mi fissa dritto negli occhi e, mio malgrado, sento tutta la potenza del suo dolore. - Soprattutto le cose a cui tengo.

Una morsa mi impedisce quasi di parlare, mi devo sforzare per riuscire a sussurrare. - Nessuno è un casino, Jax. Possiamo *commettere* casini, tutti quanti. Ma non sono i nostri errori a definire chi siamo.

È dubbioso. Di nuovo sulla difensiva. Forse non crede a ciò che ho detto o, magari, spera che sia vero e non vuole concedersi una possibilità.

- Ti andrebbe di mangiare qualcosa?

La domanda, posta così di punto in bianco, mi spiazza. Perciò resto in silenzio ed è di nuovo lui a prendere la parola. - Hai detto tu che dovevamo parlare fuori di qui, in un posto pubblico.

È vero, lo avevo dimenticato.

Una parte di me vorrebbe rimangiarselo, desidererebbe restare qui, infilare le dita tra i capelli ribelli di questo ragazzo e baciarlo fino a perdere la ragione.

Ma mi sforzo di annuire e di dare retta al mio lato razionale.

- Sì, giusto. Suppongo potrei accettare di venire a cena con te... Per chiarire. Non possiamo avere faccende irrisolte, capiterà sicuramente di incontrarci ancora, a causa di mio fratello e del fatto che viviamo nella stessa cittadina.

Sì, non è quello che penso davvero. Sto giocando in difesa, me ne rendo conto. Ma in questa partita io e LeBlanc non siamo alleati, ci troviamo in due squadre avversarie e io sto perdendo alla grande. Se abbasso la guardia, finirò di nuovo vittima delle sue tattiche sleali.

Perché Jax va sempre all'attacco, è il suo stile, non si ferma finché non giunge in porta. Gioca duro, gioca sporco.

E vince sempre.

JAX

Siamo ancora una volta alla Marina di Thunder Bay. So che l'ultima volta che siamo stati qui non ci ha portato proprio fortuna, però è il posto più pittoresco che mi è venuto in mente così su due piedi.

La zona costiera è situata sulle sponde del lago Superiore, il più esteso dei Grandi Laghi del Nord America, e offre una vista panoramica niente male. Perfetta per rilassarsi e godere la bellezza della natura, è dotata di sentieri pedonali e piste ciclabili, ideali per fare una piacevole passeggiata o una tranquilla pedalata.

Conosciuta anche come "Thunder Bay Waterfront", l'area è una delle gemme nascoste della nostra città, un luogo di ritrovo frequentato sia dai residenti che dai turisti. Spero metta di buon umore anche Miss Stress e le faccia passare il broncio.

La porto al *Marina Breeze*, un ristorantino che apprezzo perché si trova in un luogo appartato e tranquillo. Conosco i proprietari e so che mi riserveranno il solito tavolo all'aperto, di fronte al lago ma vicino al fungo riscaldante che è in grado di offrire calore e privacy. Per oggi ho già fatto selfie a sufficienza, voglio stare lontano dalla folla.

Ci sediamo e l'imbarazzo cala tra noi.

Magari un po' di Ice Wine può aiutare. Ne verso un bicchiere a Camille.

- Questo è uno dei miei vini preferiti, è dolce ed è prodotto qui in Ontario. Si ottiene vendemmiando a mano uve ghiacciate mentre si trovavano ancora sulla vite.

Mi riserva un'occhiata scettica, forse pensa che voglia farla ubriacare. Però lo assaggia e mi pare piacevolmente colpita. – Che buono!

Finalmente sembro averne fatta una giusta.

- Ti va di assaggiare anche il mio piatto preferito? – chiedo.

- Vorrai stupirmi con una di quelle cose ostentate e spocchiose, tipo ostriche e caviale? Guarda che non attacca.

Rido. - In realtà pensavo a del semplice Fish & Chips.

Lei ammutolisce. Si limita ad annuire, mentre ordino. Poi restiamo a guardare la superficie liscia dell'acqua in silenzio finché non arrivano i piatti.

Sospiro: la mia commensale non sembra molto disposta a deporre le armi.

Il pesce fritto in pastella è buonissimo, come al solito. Si tratta di una ricetta di ispirazione anglosassone, ovviamente. Un piatto povero, un tempo incartato nelle pagine dei giornali. Quasi banale nella sua semplicità.

- Si tratta di halibut, giusto?

Mi fa piacere che cerchi di intavolare una discussione, dopo tanto mutismo, quindi decido di osare. - Sì, la prossima volta possiamo ordinare la versione con il salmone. È deliziosa anche quella.

Intingo le patatine nella salsa arricchita da erbe aromatiche e mangio una forchettata di insalata di cavolo cappuccio. Non ribatte, e sono contento che non abbia tenuto a precisare che non ci sarà nessuna "prossima volta".

- Allora - sospira di colpo, appoggiando la forchetta e sollevando su di me i grandi occhi verdi. - Ti ringrazio per avermi fatto assaggiare del buon cibo e dell'ottimo vino, però credo che sia giunto il momento di mettere le carte in tavola.

- Niente dessert? - scherzo. Sto cercando di prendere tempo, di capire come farla tornare allo scoperto dopo che si è rinchiusa a riccio.
Nel retro del *Croissant Cove* è stata sincera. Non era più la perfetta e controllata Miss Stress e nemmeno lontanamente la stronza che, negli ultimi giorni, mi sono costruito nella testa.

Maledizione, le sono perfino spuntate delle lacrime e non erano di quelle fasulle che certe tipe tirano fuori per manipolarti. Ha ammesso di provare qualcosa per me e di non considerarmi una causa persa. Entrambe cose di cui mi sono accorto di avere più bisogno del previsto.

Per quanto io possa fingere di fregarmene del parere altrui, alla sua opinione ci tengo. Anzi, sento proprio la necessità che mi ritenga una persona meritevole.

Perché è vero ciò che ha detto di sé stessa: Camille è una brava ragazza.

Léonard mi ha raccontato tante volte di quanto lei abbia fatto per la loro famiglia. Di come abbia messo in stand-by i propri sogni pur di fare la cosa giusta.

Forse è per questo che sono stato così critico con lei, in passato. La sua perfezione mi risultava irritante. Era intollerabile per uno come me, incapace di combinare qualcosa di buono per gli altri.

Ma in queste settimane ho visto anche altre versioni lei: quella passionale e capace di farsi trasportare dal desiderio; l'irragionevole e irascibile; quella così ingenua da credere di potermi cambiare.

Mi sono piaciute tutte, così tanto da doverne inventare una perfida e bugiarda per potermi mettere al sicuro. Per tenermi a distanza.

- Non credo di voler vedere altri dolci, dopo tutte le torte che ho sfornato oggi al Cafè.

- Scommetto che saprò farti cambiare idea. Prometto di evitare le crostate.

Solleva un sopracciglio, vedo che una parte di lei cerca di restare seria e di non darmi soddisfazione. Però un angolo della sua bocca si alza in un sorrisino.

Quando torna il cameriere, gli sussurro le ordinazioni in segreto e lui sembra contento di aiutarmi a portare avanti la sorpresa.

Dopo pochi minuti, si presenta accompagnato da una collega e appoggia sul tavolo tre specialità della casa.

- Visto che, giustamente, il tuo umore nei miei confronti non è dei più solari, ho pensato di ordinare il *Blueberry Grunt* - spiego, indicando a Camille il primo dei dessert.

- Cioè esiste davvero un dolce che si chiama *Mirtillo Musone*?

Ah, sì, adesso ride sul serio. Senza possibilità di errore. Ho fatto bene a giocarmi la carta dei dessert bizzarri. Avevamo bisogno entrambi di spezzare la tensione che si era creata tra noi.

- Certo, mademoiselle - sta rispondendole il ragazzo che ci ha servito. - Non lo conoscete? Richiama i sapori della natura canadese. È composto da una base di morbida pasta cotta al vapore, arricchita con una generosa dose di succosi e profumati mirtilli. Qui lo serviamo con una pallina di gelato alla vaniglia, per creare un contrasto perfetto con la freschezza acidula dei frutti di bosco.

La mia commensale annuisce in maniera educata, ma mi sento in dovere di intervenire. - Credo che Camille fosse interessata più all'origine del nome che alla composizione degli ingredienti.

- È colpa del rumore che fanno i mirtilli quando vengono fatti sobbollire per produrre la salsa - ridacchia la cameriera, decisa a trarre d'impaccio il collega. - Sembra che borbottino. Da qui è nato il *Burberry Grunt*. - Ci sorride. - Ma non credo che abbiate ancora bisogno di noi, perciò io e Simon togliamo il disturbo e vi lasciamo gustare in pace i vostri dessert. Come vedete, ho portato due posate per ogni dolce, in modo che possiate dividerli e assaggiarli tutti, come da espressa richiesta.

Mi fa l'occhiolino e distinguo il labiale delle parole che mormora mentre trascina via l'altro ragazzo: "Forza, Gladiators!"

- Due posate, eh? - chiede Camille, non appena siamo di nuovo soli.

- Be', qualcosa mi diceva che, se avessi provato a imboccarti con il mio cucchiaino, mi sarei beccato un cazzotto.

Di nuovo trattiene a fatica un sorriso. Stiamo flirtando come due adolescenti al primo appuntamento. Lo troverei patetico, in altre circostanze, ma con lei mi piace.

- Allora - inizia, spostando i gomiti sul tavolo e sporgendosi verso di me. Lo sguardo mi cade inevitabilmente sulla scollatura, messa in bella mostra. Mi chiedo se sia voluto. - Vuoi illustrarmi gli altri due dessert?

Con un gesto teatrale, accenno al primo. - Ci troviamo di fronte al famigerato gelato alla *Coda di Tigre*. Ma tranquilla: nessun felino è stato torturato per ottenere questa prelibatezza.

- Giurerei che si tratta di semplice gelato alla vaniglia, arricchito da una generosa quantità di sciroppo d'acero che lo rende aranciato, su cui viene sparsa della liquirizia per simulare il mantello della tigre.

- Ah, vedo che mi trovo di fronte a un'esperta.

Due fossette le compaiono sulle guance, dandole un'aria giovane e sbarazzina. - Dai, è il simbolo indiscusso del Canada. Guarda che sono nata anche io qui, credi che mia nonna non mi abbia mai offerto una merenda? - Dirige gli occhi chiari verso l'ultimo dessert. - Quello, invece, non ho idea di cosa sia.

- Le *Code di Castoro*, un altro dolce irresistibile - scherzo. Ma, quando la vedo assaggiare un pezzo della frittella dalla forma allungata, mi trovo a pensare che quella davvero irresistibile sia lei.

- Wow, è guarnita con zucchero e cannella, un mix perfetto di dolcezza e sapore... si scioglie in bocca!

Sono felice che sia così presa dal dessert. Io sono troppo intento a osservare i granelli di zucchero che le sono rimasti all'angolo della bocca: li leccherei via volentieri.

- Avevi ragione, sai? - mi ritrovo ad ammettere. - Abbiamo fatto bene ad andare in un posto pubblico, altrimenti credo non avremmo parlato affatto.

Lei smette di masticare e rimane a fissarmi. Suppongo stia cercando di capire se dico sul serio o se stia ancora portando avanti la commedia.

L'intensità del mio sguardo deve essere sufficiente a farle capire che, se dipendesse da me, la farei sdraiare su questo tavolo per assaggiare tutte le sue delizie.

Abbassa le ciglia e arrossisce, in una maniera così accattivante da mettere a dura prova le mie buone maniere. Cazzo, metterla in imbarazzo mi eccita da impazzire.

- Non mi sembra comunque che il mio piano stia funzionando alla grande - la sento ribattere. E il tono è così serio che cerco di mettere da parte i pensieri impuri e di concentrarmi. - Insomma, abbiamo parlato solo del più e del meno. Senza affrontare nessun argomento specifico.

E vaffanculo al divertimento.

Sapevo che la realtà sarebbe tornata a piombarci addosso e sono consapevole che Camille abbia ragione. Scopare di nuovo non metterà pace tra noi e ci siamo feriti troppo per limitarci a fingere di essere due che possono flirtare e basta.

- E va bene - mi arrendo quindi. - Cosa vuoi sapere?

Si torce le mani in grembo, in preda a sentimenti che non riesco a comprendere. È stata lei a pretendere un confronto, no? Perché allora adesso sembra in difficoltà?

- In realtà credo di essere io a doverti delle spiegazioni. Per questo ero venuta alla villa, quella sera.

È così sulle spine da farmi pena. - Lascia perdere, Miss Stress - la interrompo, utilizzando di proposito Il nomignolo che tanto le dà fastidio. - Suppongo di essermi fatto un quadro abbastanza chiaro della situazione. Il tizio si è sparato tutti quei chilometri dall'Alberta fino a qui per tentare di convincerti a restare con lui, ma non sapeva che tu nel frattempo ti eri imbattuta in uno in grado di farti gemere... di piacere in certe situazioni e di disperazione in tutte le altre.

Sbatte le palpebre, presa in contropiede. Mi aspetto che si alzi, sbatta il tovagliolo sul tavolo e se ne vada. Una parte di me forse è proprio alla ricerca di questo tipo di reazione. Voglio che lei si tolga di mezzo per non trovarmi costretto a essere sincero.

Invece Camille annuisce lentamente, arrossisce di nuovo e sul viso le spunta un sorriso timido e impacciato che non mi aspettavo proprio. - Ottimo riassunto...

Porca puttana. Con questa ammissione mi ha colpito e affondato.
Mi sento strano: in colpa per essere stato maleducato, vinto da una tenerezza mai provata e dal bisogno di alleviare il disagio in cui l'ho fatta cadere. E che mi è tornato contro decuplicato.

- Ti andrebbe di fare due passi sul lungolago?

Ho di colpo bisogno di prendere aria.

La vedo esitare.

- Dai, è pur sempre un luogo pubblico. O credi davvero che finiremo per concederci una sveltina sotto un lampione?

Ridacchia e, come sempre quando è in difficoltà, si sistema una ciocca di capelli dietro l'orecchio. Questo suo tic mi è diventato familiare, mi ci sono affezionato.

- Suppongo di possedere forza a sufficienza per non saltarti addosso per la strada.

Dannazione, vorrei poter sostenere lo stesso. Nella sua voce c'è una nota di insicurezza che manda un segnale alle mie parti basse.

Non mi è mai capitato di desiderare una ragazza in questa maniera. Voglio tutto di lei, anche le parti spezzate.

Ci alziamo, pago in fretta e siamo fuori dal ristorante.

L'aria è pungente, ma quasi non me ne accorgo. Ci muoviamo uno accanto all'altra, paralleli ma senza sfiorarci.

- Sono stato al pronto soccorso.

Solleva la testa di scatto, mi rivolge un'occhiata confusa.

- La sera in cui ti ho lasciato il biglietto - spiego. Parlo in fretta, altrimenti finirò per omettere le parti nere. Invece, intendo essere onesto fino in fondo, metterla di fronte a tutte le mie spine. Non farò sconti. - Sono stato chiamato perché sono il contatto di emergenza di uno che era stato pestato da dei balordi.

Scuote la testa, mi sfiora il braccio. - Jax, avresti dovuto dirmelo! Era una ragione dannatamente buona per correre via, avrei capito.

- No, non credo. - Allontano le sue dita. Non merito la sua gentilezza, né che si senta in colpa per aver pensato male di me.

- Non ho accennato prima alla cosa per un motivo. Non sono un buon amico che è corso ad aiutare una persona cara, non hai sbagliato a ritenermi un pezzo di merda.

Corruga le sopracciglia. Resta in silenzio e io pure, siamo immobili davanti alla quiete irreale di un lago immenso, rischiarati soltanto dalla luna e da un lampione che non riesce a illuminarle il viso.

- Sono un impostore, Camille. Posso anche vivere in una bella casa e avere una carriera luminosa, posso essere testimonial di alcune pubblicità e il tizio che segna tanti goal per i *Thunder Bay Gladiators*... Ma resto un ladro. Uno che non si merita niente e che queste cose le ha conquistate per puro caso.

- Ma cosa stai dicendo? - sbotta. Una nuvoletta di vapore le esce dalla bocca mentre sbuffa, indignata. - Tu hai talento! Io detesto il Lacrosse, però sono cresciuta tra partite e allenamenti e non ho mai visto qualcuno con la tua stessa grinta. Tu non ti arrendi mai, sei imprevedibile e dai la giusta carica al resto del team.

Non le permetterò di fingere che io sia qualcun altro. Qualcuno di cui potrebbe andare fiera, a cui potrebbe tenere davvero... - La grinta di cui parli è la stessa che mi ha spinto a tirare il casco in testa a un avversario durante una partita che non era neanche di campionato.

- E va bene, hai un problema di gestione della rabbia. Questo è ovvio e il fatto che tu lo riconosca è un ottimo punto di partenza. Se ti facessi seguire da un buon terapeuta...

- Non sono pazzo, grazie tante.

- Jax, guarda che non sono i pazzi ad andare dagli analisti. Se tu avessi mal di stomaco, ti rivolgeresti a un medico. Perché, se il tuo disagio arriva dalla mente e non dal fisico, dovrebbe essere diverso?

Alzo gli occhi al cielo. - Avevo quasi scordato con chi stavo parlando. È ovvio che tu la pensi in questo modo, dato che eri iscritta alla facoltà di psicologia.

- E l'avevo scelta perché volevo aiutare la gente. Certo, nel tuo caso non posso essere io la persona indicata a offrire supporto, dato che non sarei oggettiva, però esistono molti professionisti in gamba.

Resto zitto. Ficco le mani nelle tasche e ricomincio a camminare.

Lei mi segue, si tiene un passo indietro nel tentativo di lasciarmi un attimo di spazio.

Però io sono un attaccante, non mi tiro indietro. - Se anche riuscissi a venire a patti con il mio modo di reagire - riprendo. - Se anche volessi parlarne con qualcuno e questo si rivelasse utile... ci sono comunque parti del mio passato che non smetterebbero di darmi la caccia. Il tizio che mi ha costretto a correre all'*Healt Center* è uno di questi.

Mi interrompo ancora. È come se avessi in gola dei pezzi di vetro. Non avevo messo in conto il fatto che mostrare a lei le mie spine avrebbe potuto farmi tanto male.

- Intendevo sul serio, prima. Sono un ladro, Camille, di quelli che la polizia prende e sbatte dentro. Non si trattava di una fottuta metafora, ma della verità.

Si fa vicino. Mi infila la mano nella tasca del cappotto, fino a trovare le mie dita e a intrecciarle con le sue.

- Racconta - sussurra.

CAMILLE

Il cuore mi batte così forte che posso sentirlo rimbombare nelle orecchie. Ho paura. Paura di scoperchiare il vaso di Pandora e di conoscere tutti i segreti che stanno dietro l'apparente esistenza dorata e perfetta di Jax LeBlanc, la promessa del campionato, il talento venuto dal nulla.

Sono terrorizzata, sì, ma al tempo stesso commossa dal fatto che lui abbia scelto me per aprirsi. So che, qualunque storia stia per condividere, non è qualcosa che conoscono in tanti. Si tratta di un'immensa dimostrazione di fiducia e io spero solo di dimostrarmi all'altezza.

Gli carezzo le dita con il pollice e lui mormora.

- È la classica storia patetica. Mia madre è rimasta incinta al liceo, mio padre ha tagliato la corda quando avevo due anni portandosi via i pochi soldi che avevamo sul conto. Sono cresciuto in un ambiente fatto di risentimento, botte e speranze frustrate.

Resto in silenzio, non perché non avrei voglia di confortarlo, ma perché sento che ha bisogno di non essere interrotto. Posso solo immaginare quanto debba costargli confessare certi dettagli, così distanti dall'immagine di perfetta e vincente star della squadra.

- Me ne sono andato appena ho potuto, e decisamente prima di quanto sarebbe stato opportuno. Per un po' ho vissuto per strada, poi ho trovato rifugio presso una casa occupata insieme ad altri che venivano da situazioni altrettanto limite. Eravamo un gruppo male assortito, unito dal bisogno e dalle circostanze.

Sento un nodo in gola. Vorrei domandargli quanti anni avesse, però mi limito ad ascoltare.

- Ho continuato ad andare a scuola, per non attirare l'attenzione dei servizi sociali. So che forse pensi che avrebbero potuto darmi una mano, però all'epoca sentivo di dovermela cavare da solo. Non volevo che contattassero mia madre, che provassero in qualche modo a farmi tornare da lei o che le facessero passare dei guai perché si era disinteressata della mia sorte. – Lo vedo contrarre la mascella. - Così mi lavavo i vestiti, arrivavo in orario alle lezioni e cercavo di non dare nell'occhio. Non ero certo una cima, nessun professore stravedeva per me tranne, ovviamente, il coach. Giocare a Lacrosse era tutto ciò che mi rendeva felice. Ricordi quello che ti ho detto al Palazzetto? Che lo sport può davvero salvarti?

Annuisco. Credevo si trattasse di una frase fatta, non di un'esperienza così drammatica e personale.

- Per il resto, vivevo di espedienti. Io e gli altri ragazzi tiravamo avanti come potevamo: alcuni praticavano l'accattonaggio, ma io avevo paura di incontrare qualcuno della scuola, così ho iniziato a mettermi nei guai.

Sospira. Guarda il lago, però è palese che non lo stia vedendo. La sua mente è persa in ricordi lontani.

- C'era un ragazzo con cui avevo legato in modo particolare. Aveva un paio di anni più di me. Si chiamava Teddy e, non so per quale ragione, sin da quando era arrivato alla casa occupata mi aveva preso sotto la sua ala protettrice. Per carattere, e probabilmente anche a causa delle esperienze che mi avevano portato a scappare dalla mia famiglia, io non davo troppa confidenza. Ma con Teddy andavo d'accordo, perché era silenzioso anche lui e non pretendeva che scherzassi o altro. – Fa una pausa, incerto su come proseguire. - Era bravo a fregare i turisti di passaggio in città. Quasi ogni giorno venivamo proprio qui, alla Marina, e tiravamo su un gruzzoletto grazie al gioco delle tre carte. Hai presente qual è, no? Quello in cui, in teoria, si dovrebbe avere una possibilità su tre di vincere, ma che in realtà...

Fa spallucce.

Io facevo quello che sfidava il banco e lo batteva, mettendosi in tasca una bella somma. E chi mi vedeva sconfiggere Teddy con facilità - io, un ragazzino - si convinceva di poter fare lo stesso e puntava.

Scuote la testa. Il vento gli scompiglia i capelli.

- Era un modo di fare soldi facili e ci sembrava innocuo. Certo era una truffa, ma tutto sommato quelle persone se la passavano decisamente meglio di noi due e un po' di dollari in meno non avrebbe rappresentato una grossa differenza per loro.

Provo a immaginare un'adolescenza come quella che mi sta descrivendo, tanto diversa dalla mia, fatta di compiti e uscite con le amiche, di shopping al sabato con mamma e di diari segreti in cui in realtà non c'era proprio niente di misterioso da nascondere.

Possibile che nessuno si sia accorto che un ragazzino fosse costretto a vivere di stenti? Dove erano i professori, i consulenti scolastici, gli adulti in generale?

Dov'era sua madre? Questa domanda mi stringe il petto perché mi porta a riflettere sul fatto che, se lui ha preferito una quotidianità incerta e sbandata in compagnia di estranei a una vita insieme alla donna che lo ha messo al mondo, dovevano esserci ragioni serie.

Il ricordo di mamma, che mi abbracciava ogni volta che ne avevo bisogno, mi fa sentire quasi in colpa.

- Forse avremmo potuto andare avanti così fino alla maggiore età, se fossimo stati più intelligenti e meno avidi - riprende. Nella sua voce è comparsa una nota di cinismo.

- E invece? - lo incalzo.

- Girava parecchia roba, tra gli abitanti della casa occupata. Non dovrebbe stupire: quasi tutti gli adolescenti amano la trasgressione, però noi avevamo proprio bisogno di dimenticare la merda in cui eravamo invischiati. L'alcol era un compagno quasi quotidiano per tutti, ma Teddy iniziò a farsi. Canne, coca, pasticche... Un po' di tutto.

Trattengo il respiro. Non ho il coraggio di chiedere quello che mi sta passando per la testa, se cioè si fossero messi a spacciare. Non riesco a fare a meno di sperare che non sia così, tuttavia non mi sento nemmeno nella posizione di poter giudicare...

- In un certo senso, anche stavolta venni salvato dallo sport. Sapevo che il coach non tollerava certe stronzate e che, se avesse saputo che mi calavo, mi avrebbe escluso dalla squadra. E giocare era tutto quello che avevo... - Fa un sorrisetto amaro. - Ricorda questo, quanto pensi male del Lacrosse: mi ha tenuto pulito in un periodo in cui non avrei avuto motivo di rigare dritto.

Mi salgono le lacrime agli occhi. Sono stata così superficiale, così pronta a sentirmi superiore perché mi piacevano i libri anziché correre dietro a una palla. Invece ciascuno di noi trova la propria salvezza in modo diverso e non esistono metodi migliori o più nobili di altri.

- Teddy, al contrario, era quasi sempre sballato. Iniziò a fare casini con la truffa delle tre carte, che richiede abilità e concentrazione, cose che di certo non aveva più. E le sue dipendenze andavano soddisfatte ed erano costose. Così iniziammo a rubare.

Sfila la mia mano dall'interno della sua tasca, si volta a guardarmi e i suoi occhi fanno paura: sono buchi neri.

- Sfilavamo portafogli ai turisti distratti, prendevamo macchine fotografiche appese alle sedie dei bar e le rivendevamo a un tizio che aveva un banco dei pegni e non faceva domande. Non so per quanti mesi siamo andati avanti, di sicuro troppi. Finché Teddy non ha avuto l'idea di passare a qualcosa di più grosso.

Incurante dei suoi tentativi di prendere le distanze, gli afferro di nuovo le dita, le stringo tra le mie. Sono fredde, quasi inerti. Appartengono a una persona che non chiede niente e non ha niente da offrire.

- C'era un drugstore aperto ventiquattro ore su ventiquattro, oggi non esiste più. Il turno di notte lo faceva il figlio dei proprietari, un mingherlino con i denti sporgenti e gli occhiali. "Si cagherà sotto e ci darà l'incasso senza fare storie" diceva Teddy. E aveva ragione. Non appena ci vide entrare, col passamontagna e un cavolo di coltellino svizzero che non avrebbe fatto paura a nessuno, si gettò a terra pregando di non fargli del male. Ci diede i soldi, che in realtà erano una miseria, e in cinque minuti eravamo fuori.

Scuote la testa. - Ma queste cose non vanno mai lisce come dovrebbero, è una legge non scritta. Per pura sfiga, all'esterno del negozio c'era una pattuglia della polizia: i due agenti stavano scendendo dalla volante per entrare a comprarsi uno snack o chissà cosa. Ci videro uscire di corsa e non fu difficile capire.

Spalanco gli occhi per la sorpresa. - Vi hanno presi?

- Credi che nessun giornale scandalistico avrebbe mai parlato di questa storia, se così fosse? O che i *Gladiators* avrebbero investito tanto su di me, se avessi potuto rovinare in qualche modo l'immagine della squadra? Teddy mi ha spillato denaro a lungo, facendo leva su questo punto e minacciando di raccontare in tv il mio passato.

- È successo anni fa...

- Ma gli sponsor non vorrebbero legare il proprio nome a un rapinatore, Cami. Non essere ingenua, nel mondo reale non ci sono seconde possibilità.

Vorrei urlare che si sbaglia, che era solo un ragazzino senza una guida. Mi piacerebbe dirgli che chiunque capirebbe e sarebbe capace di perdonare. Però so che sarebbe una bugia, quindi mi mordo la lingua e abbasso lo sguardo.

Anche le seconde chance sono un privilegio non riservato a tutti.

- Ma, tornando al giorno della rapina al drugstore... Scappammo via. Io avevo le ali ai piedi, ero dotato di quella velocità che solo la disperazione riesce a farti avere. Il mio compare, invece, non riusciva a starmi dietro. A essere onesto, non ricordo se fosse fatto o meno. Di sicuro, tutti gli eccessi dei mesi precedenti iniziavano a farsi sentire. - Digrigna i denti. - Ci infilammo in un vicolo, con gli sbirri sempre alle calcagna. Era chiuso da una recinzione di rete metallica, che lo divideva dal cortile di una fabbrica. Io scavalcai in un attimo, trovandomi al di là senza troppi problemi.

- Il tuo amico no, invece... - sussurro.

Riesco quasi a vedere la scena: un giovane Jax, il fisico temprato dagli allenamenti di Lacrosse, capace di farsi strada senza problemi verso la libertà e di seminare i panciuti poliziotti.

- Teddy non provò nemmeno a superare l'ostacolo. Gli agenti erano troppo vicini e lo brancarono non appena ebbe sfiorato la rete. Io ero tipo impietrito, incapace di decidere se tornare indietro ad aiutarlo oppure filarmela. Mi sentivo un cazzo di cerbiatto sorpreso dai fari di un'auto.

Si zittisce. Si morde l'interno della guancia. Posso vedere come ancora lo ferisca questo ricordo, quanto la lealtà verso un compagno di sventura lo tenga prigioniero.

- E poi?

- E poi lui iniziò a gridare: "Vattene, coglione! Sparisci da qui." E io mi ritrovai a obbedire, mi voltai e misi quanta più distanza tra me e la recinzione, senza più voltarmi indietro.

Vorrei fargli una carezza, ma non credo che sia il momento. Non so se riuscirei a dargli conforto o a raggiungerlo, nel luogo oscuro in cui si trova.

- I soldi della refurtiva li aveva lui, aveva appena compiuto diciotto anni e quindi poteva essere incriminato. Nessuna attenuante, nessun riformatorio. Solo la galera. E, quando esci dalla gabbia, trovare un lavoro onesto non è una passeggiata. - Fa una smorfia. - Questo non significa che Theodore non sia un idiota e che non avrebbe potuto agire in maniera diversa, però...

- È nei guai? Adesso?

Annuisce. - Diciamo che è passato dall'imbrogliare la gente a farsi imbrogliare. Io mi limito a risarcire i suoi debiti per ripagare il mio.

Ogni spiegazione che mi offre fa sorgere in me nuove domande. La Camille che ama avere tutto sotto controllo e capire ogni dettaglio spinge per chiedere di più. Ma la nuova me, quella che non vuole più giudicare gli altri senza mettersi nei loro panni, quella che è pronta a rischiare, sa che l'importante è solo aver ricevuto il dono immenso di questa confidenza.

Jax mi ha offerto la possibilità di capirlo, di vedere oltre le apparenze, e non riesco nemmeno a esprimere quanto sia importante per me.

Ottenere la sua fiducia è più di ciò che osavo sperare. Vedere le sue debolezze me lo fa apprezzare, per assurdo, ancora di più.

L'ho criticato e considerato vanesio e superficiale, senza sapere che si trattava di un'armatura per difendersi dal passato. Lui mi ha presa in giro per il mio essere perfettina, dimenticando che era una necessità che nasceva dal bisogno di ritrovare un equilibrio per la mia famiglia.

Stasera nessuno dei due, invece, è rimasto fermo sulle proprie posizioni. Abbiamo sradicato i nostri schemi di gioco usuali per lanciarci in una partita nuova e appena iniziata.

Mi sporgo verso di lui, sollevandomi sulle punte dei piedi, e gli stringo le braccia attorno al collo. Lo tiro verso di me e lo tengo così, cuore a cuore, tanto vicino da far male.

- E tua madre? Che fine ha fatto?

- Morta. Pare di infarto, l'hanno trovata da sola sul pavimento quando avevo appena compiuto diciotto anni. – Lo sento sospirare. - Non ci siamo mai riappacificati, però spero che ora riposi in pace.

Intensifico ancora di più l'abbraccio.

Jax impiega un attimo, prima di sollevare le mani e posarle sulla mia schiena. Poi però la presa si fa più decisa, tenera e possessiva al tempo stesso.

Lo sente?

Può avvertire che, con questo gesto, sto cercando di comunicargli che va tutto bene? Ha fatto bene a confidarsi, a mettersi a nudo.

È al sicuro.

Si scosta appena e mi infila le dita tra i capelli. Il pollice mi carezza un orecchio e gli occhi scrutano il mio viso in cerca di conferme. Non aspetto che le trovi: lo bacio io, affondo nelle sue labbra e ho l'impressione di tornare a respirare dopo giorni di apnea.

Risponde con passione, come se si fosse trattenuto troppo a lungo a sua volta, come se avesse bisogno di affermare che le cose tra noi non sono cambiate, dopo le terribili rivelazioni che ha fatto.

E invece sono cambiate eccome.

Io, di sicuro, non sono più la stessa.

Come posso aiutarlo a venire a patti con il passato? Mi piacerebbe fosse sufficiente baciare ogni sua ferita per poterla sanare...

Ma le cose non sono mai così semplici, giusto?

E poi la sua lingua mi invade, sensuale ed esigente.

Ci penserò domani. Stasera voglio solo perdermi in questo abbraccio e fondermi ancora una volta con Jax LeBlanc.

JAX

Il magic moment viene interrotto bruscamente quando, con la coda dell'occhio, intravedo una figura dallo sguardo furioso che ci fissa: Leo.

Cazzo. Ci ha beccati.

Avete idea di quanto il fratello di Cami sia iper protettivo nei suoi confronti?

No, non potete immaginarlo. Ma non c'è bisogno che ve lo spieghi, perché i fatti valgono più di mille parole.

In un attimo mi è addosso.

Mi afferra per una spalla e mi trascina indietro.

- Che cosa diavolo credi di fare?

La tensione nell'aria si taglia con un coltello. Credo di non averlo mai visto così incazzato.

Ricordo alla perfezione il momento in cui, negli spogliatoi, ha messo bene in chiaro che lei fosse off limits. Tutti abbiamo convenuto che le sorelle e le madri non si potessero toccare.

Ed ora eccoci qui, in una specie di face-off tra *Gladiators.*

Qualsiasi altra persona, a quest'ora si sarebbe già presa un pugno in faccia. Nessuno mi mette le mani addosso.

Ma con Bouchard non posso fare a cazzotti, soprattutto in questo momento in cui riesco a vedere lo shock sul suo volto per avermi sorpreso con la lingua in bocca a Camille.

Alzo le mani. Un chiaro segno che non voglio iniziare una rissa.

- Calmati, Leo, stavamo solo parlando!

Le buone intenzioni della sorellina servono solo a farlo andare ancora più su di giri.

La ignora completamente. Sono io il bersaglio della sua rabbia.

- Sei un bastardo, LeBlanc.

Riesco per un soffio a evitare il cazzotto che mi sferra. Ma solo perché mi aspettavo che sarebbe arrivato. Ho fatto a botte troppe volte, per non essere in grado di prevedere le mosse del mio avversario.

Ma qui non si tratta di una zuffa tra sconosciuti. Porca puttana, lui è uno dei miei migliori amici.

- La vuoi piantare? - Schivo un altro colpo.

- Mi fermerò quando ti avrò spaccato quella faccia da schiaffi.

- Non voglio farti male. Non possiamo discuterne come due persone civili?

Provo a giocare la carta della ragionevolezza. Léonard è un bravo ragazzo, non ha mai fatto colpi di testa. È uno con cui si può discutere con calma anche se si hanno pareri diversi.

- Non voglio parlare con te. Intendo romperti i denti!

Okay. Non ci siamo proprio.

Per fortuna ci troviamo in un luogo appartato, altrimenti domattina i giornali di Thunder Bay avrebbero avuto qualcosa da raccontare. Vi immaginate i titoli?

LeBlanc non picchia solo gli avversari ma anche i suoi compagni di squadra.

- Vai, papà!

- Reagisci, zio Jax!

Merda.
I bambini!

Mi distraggo per un attimo a guardare Cody e Lewis che, con i pugni stretti per la tensione e le labbra allargate in sorrisi, seguono la vicenda come se fossero davanti alla TV.

Lo scrupolo di coscienza di non dare spettacolo davanti a due innocenti mi fa perdere la concentrazione e il pugno di Leo si scontra con violenza contro la mia mascella.

Camille urla.

- Noah, fa' qualcosa! Separali, per l'amor del cielo.

È lì con i ragazzi. Non mi ero neanche accorto della sua presenza, ero troppo impegnato a non farmi pestare e a trovare un modo per giustificare le mie azioni.

Che poi non ci vedo nulla di male in quello che ho fatto. Sto frequentando una ragazza carina e che mi piace. Chi me lo dovrebbe impedire?

- Porta via i miei figli e mia sorella. Filate tutti in macchina. - Leo è perentorio.

- Non fatevi troppo male, d'accordo?

Noah, invece, non sembra troppo preoccupato.

I bambini protestano, ma alla fine lo seguono obbedienti. Cami è quella più difficile da convincere. Dopo un po', però, si arrende e se ne vanno via insieme.

- Hai finito di dare spettacolo? Mi hai preso a pugni davanti a tutti. Soddisfatto?

- Credi che possa esserlo in qualche maniera, brutto idiota? Se a Cody non fosse scappata la pipì, dopo che siamo stati al cinema in fondo alla passeggiata, nemmeno ci saremmo passati di qui. E tu avresti potuto portare avanti il tuo piano di merda. Perché ti conosco: tu ti vuoi portare a letto mia sorella!

Il tono accusatorio fa traboccare il vaso. E sono uno stronzo, lo so, ma è più forte di me. - Già fatto, amico. E più di una volta.

Un ghigno mi si dipinge sul volto. Sono piuttosto certo che la notizia stia per far esplodere la testa di Leo. Però, ehi, se l'è cercata dopotutto.

Mi aspetto che mi si scagli di nuovo contro, che riprenda a darmele di santa ragione. Dopo una provocazione del genere, non potrei nemmeno dargli torto.

Per questo la sua reazione mi stupisce tanto. Le spalle gli si afflosciano, sotto il peso di una delusione che mi ferisce più dei cazzotti.

- Non esiste niente di sacro, per te? È tutto un dannato gioco in cui conta solo il tuo divertimento? Ti ho ospitato a casa mia e nemmeno mi sono reso conto di quanto la cosa avrebbe fatto danno alle persone a cui voglio bene.

La nota di sconforto che avverto nella sua voce, come se fossi una causa persa, mi spinge a cambiare registro. La voglia di provocarlo è sparita di colpo e mi ritrovo ad abbassare la maschera dello sbruffone. – Non è come sembra, Leo.

Solleva un sopracciglio, esasperato.

- No, davvero. So che non sono noto per trattare le ragazze con rispetto...

- Tu, Jax LeBlanc, sei il più grande stronzo sciupafemmine che circoli nell'intero Canada.

- ... Va bene, è vero. Ma con lei faccio sul serio.

Non sembra per nulla convinto. Secondo me sta meditando se riprendere la scazzottata là dove l'abbiamo interrotta.

- Senti, so che sei convinto di doverla difendere, perché è la tua sorellina minore. Ma Camille è intelligente! Non si farebbe fregare da uno che la vuole solo portare a letto. Senza contare che, te lo giuro, abbiamo passato tutta la sera a parlare.

Mi scruta. Inizia a dubitare. Bene.

Poi parla e capisco che è un male. - Ti ho visto in azione, sei subdolo e manipolatore. Pur di infilarti nelle mutandine di una ragazza, faresti di tutto. Anche rimbambirla di chiacchiere.

Sbuffo, irritato. Possibile che il mio migliore amico non provi nemmeno a starmi ad ascoltare?

- Lei mi piace, va bene? - ammetto tra i denti. Poi decido di essere onesto fino in fondo. - Parecchio. E ti chiedo scusa: so che è tua sorella e che avrei dovuto starle lontano, ma non ci sono riuscito. Perché è brillante, dolce e testarda e io la trovo...

Mi interrompo. Va bene la sincerità, ma così è troppo.

- Stavi per dire sexy? - Indaga Leo, serrando le dita.

Dovrei negare, ma quello che ero sul punto di proferire era *perfetta*, che sarebbe decisamente peggio. Perché rivelerebbe al mio amico fino a che punto io sia preso da Camille.

- Posso passare da casa tua domani? A discutere di questa faccenda con un minimo di lucidità? Come se fossimo i compagni che siamo? - chiedo, e ci tengo sul serio.

Devo mettere una pezza a questa storia, non voglio perdere la sua amicizia.

Lo vedo scuotere la testa. – Stammi bene a sentire, Jax. Io ti voglio bene, ma questo non significa che non ti ritenga una grandissima testa di cazzo. Perciò sappi questo: se intendi anche solo avvicinarti ancora a mia sorella, inizia a rigare dritto. Basta stronzate, basta mettersi nei guai. O giuro che ti spello vivo. Sono stato chiaro?

Annuisco, ma non gli basta.

- Ad alta voce.

- Farò di tutto per tenermi lontano dai guai – prometto, sentendomi piuttosto ridicolo.

Leo mi squadra di nuovo dalla testa ai piedi, quindi alza gli occhi al cielo e mi volta le spalle.

Mentre se ne va, lasciandomi solo sulla riva del Lago Superiore, rifletto sul giuramento appena fatto e che sono già sul punto di infrangere.

Perché tra due giorni ho giusto appuntamento con degli strozzini in un vicolo.

JAX

- Non ci credo che sto per farlo sul serio.

Quasi mastico le parole, mentre borbotto tra me e me. Stringo tra le dita il manico della sacca sportiva e inspiro a fondo.

Vaffanculo.

Questo dannato vicolo sta diventando troppo familiare. Speravo di non doverci tornare mai più, invece eccomi qui di nuovo come il dannato coglione che sono.

Teddy mi sta accanto, il capo chino come un penitente. Gli ho esplicitamente detto di non pronunciare una sola parola e spero che obbedisca: ogni volta che apre bocca, ci caccia ancora di più nei guai.

- Ehi - esclamo, rivolto al fondo della stradina sporca. - Guardate che non ho tempo da perdere. Facciamo in fretta e leviamoci il pensiero, in modo che possa non trovarmi più davanti le vostre brutte facce.

La risata che ricevo come risposta non mi piace per niente. - Oh, credo invece che ci vedremo ancora diverse volte, signor campione di Lacrosse. Nessuno sano di mente smetterebbe di mungere una vacca che dà buon latte.

Il paragone è disgustoso, quasi quanto il tizio che l'ha espresso.

- Perché dovrei continuare a pagarvi?

Conosco già la risposta, ovviamente. Però voglio vedere fino a dove oseranno spingersi.

Gente come questa diventa prepotente quando pensa di avere un briciolo di potere. E i bulli, di solito, finiscono per agire da stupidi.

- Mi sembra ovvio. - Il capo di questi idioti si chiama Vince. Ho avuto la sfortuna di conoscerlo la prima volta che sono stati qui a pagare. È un uomo alto e dinoccolato, con la faccia butterata. Parla strascicando le parole, non so se perché è sempre un po' fatto o perché è viscido di natura. - Il tuo Theodore ci ha chiesto un prestito e pare non sia in grado di ripagarne gli interessi. E tu non vuoi che abbia un altro incidente e che finisca di nuovo all'ospedale, giusto?

Teddy si muove al mio fianco, fa un passo avanti. Ho paura che faccia qualche stronzata da eroe, quindi allungo una mano per bloccargli il passo e gli rivolgo un cenno che intima di stare buono.
Mi guarda e posso leggere nei suoi occhi la frustrazione. Sa che ci troviamo qui per colpa sua e che questi stronzi non hanno alcuna intenzione di lasciare in pace né lui né me.

Mi fa piacere che abbia capito di aver sbagliato a chiedere soldi a dei noti strozzini, come sono contento che abbia iniziato a frequentare un gruppo di autoaiuto per chi soffre di dipendenza dal gioco. Sono enormi passi avanti per gente che, come noi, fa fatica ad ammettere di avere un problema.

Però non è questo il momento di fare gesti avventati, anche se spinti dal desiderio di fare finalmente qualcosa di buono.

- Vi abbiamo già restituito la cifra che gli avete prestato, più gli interessi. E il tasso non era certo quello approvato dal governo.

Faccia butterata allarga le braccia con fare melodrammatico. - Andiamo, sai anche tu che domandiamo molte meno garanzie di un istituto di credito. È normale, quindi, che ci aspettiamo una certa... riconoscenza.

- Avete raddoppiato l'importo, dopo aver pestato a sangue Teddy per assicurarvi che il messaggio fosse chiaro - mastico le parole. È difficile reprimere lo schifo che provo. - O negate di essere responsabili di questo?

Tiro fuori il referto dell'*Healt Center* e lo sbatto in faccia a Vince.

I due scagnozzi che lo accompagnano ridacchiano, quello più tarchiato si vanta. - Il naso gliel'ho rotto io, al resto ci hanno pensato loro due. Vuoi una dimostrazione pratica di come abbiamo fatto? So che sei uno sportivo, ma scommetto che posso metterti al tappeto senza problemi.

- Piantatela con le cazzate - interviene il capo. Mi strappa i fogli dalle mani e li fa a pezzi, gettandoli a terra. - Questo era solo un avvertimento. Spera che la sacca che ti sei portato dietro contenga tutti i dollari che ti ho chiesto, o il tuo amico avrà bisogno di una sedia a rotelle per spostarsi.

Mi viene più vicino, riesco a sentire l'alito puzzolente quando ghigna. - O magari potremmo sbagliare bersaglio e finire con il colpire te. Le gambe ti servono per correre sul campo di Lacrosse, giusto?

Stringo la mascella, così forte che sento i denti scricchiolare. Mi domando a quante persone questi bastardi abbiano fatto passare lo stesso inferno. Sono bestie, parassiti pronti ad approfittarsi del bisogno e del dolore di gente che non ha alternative e che si trova costretta a cadere nelle loro grinfie.

- Avanti, la borsa.

Avrei voglia di sbattergliela sul muso, invece la allungo con un gesto tranquillo e lascio che lui la apra per controllare il contenuto.
- Bravo, fai tanto lo stronzo ma capisci quando è il caso di chinare la testa. Anche perché non credere che non ti teniamo d'occhio: ti abbiamo visto a cena con quella bella biondina, l'altra sera. Vogliamo che lei continui a stare bene, giusto?

Scatto in avanti senza nemmeno riflettere. Non doveva toccare Camille. Può minacciare me, il mio amico, perfino la mia carriera, ma lei no. Non si deve permettere nemmeno di pensare che esista.

Viene colto di sorpresa, non ha il tempo di reagire. Cade per terra e io gli sono addosso, lo colpisco con un destro sulla mascella.

Nel tafferuglio, il borsone finisce con il cadere a sua volta. Sento dietro di me l'urlo di Teddy che impreca e si butta per cercare di recuperarlo.

È come se vedessi tutto al rallentatore, sembra quasi la scena di un film. Gli scagnozzi si gettano nella mischia, quello tozzo mi afferra per le braccia e mi tira indietro, deciso a impedire che colpisca di nuovo il suo capo. Un secondo gli dà manforte, mi colpisce con un dritto nelle reni che mi toglie il fiato. Gli ultimi due si occupano del mio compagno: lo immobilizzano e si impossessano della sacca.

- Non vi riprenderete i soldi, stronzi - sputa il tipo calvo, che sta lottando per raccogliere dal marciapiede sudicio le banconote che sono volate fuori. Non deve essere quello più sveglio della banda, dato che è convinto che il nostro piano per non pagare sia venire nel loro covo a portargli dei dollari e a farci menare.

- Avevo sentito dire che sei una testa calda - ridacchia il butterato, intanto che si libera dalla mia presa grazie ai due scagnozzi. - Però forse tu non hai ascoltato abbastanza attentamente chi sono io: con Vince Clermont non si scherza. Se lo fai incazzare, lui ti spezza le ossa e ti fa spedire al cimitero. O credi che quello che è successo l'altro giorno al vostro vecchio conoscente, Paul Dubois, sia stato un incidente?

- Siete dei bastardi! Paul i soldi non ce li aveva.

Il grido di Teddy è straziante. Mi fa passare sopra al fatto che lo strozzino parli di sé in terza persona come nei brutti film e mi fa tornare alla mente un tizio dai denti sporgenti e dall'aria spaventata che, per un breve periodo, ha condiviso con noi ragazzi la casa occupata. A essere onesto, quasi neppure lo ricordavo più: stava sempre sulle sue, troppo timido per legare con qualcuno; e io, come ho detto, ho cercato di cancellare dai ricordi quella parte della mia esistenza.

Ma è evidente che il mio amico non avesse perso i contatti con lui e che la sua morte sia stata un brutto colpo. Piange. - Non ce li aveva...

- Che cosa tenera, il dispiacere sincero - ride Vince, prendendosi gioco di lui. - Be', forse può insegnare che voi fareste meglio ad averceli sempre, i dollari che vi chiedo, se non volete finire insieme a lui sepolti nel giardino della madre di Liam.

Fa un cenno con la testa a Tizio Tozzo, che mi assesta un altro pugno in pancia, tanto per chiarire che non scherzano.

- Capo, guarda qua.

Quello che ho definito lo scemo del gruppo si sta invece rivelando l'unico capace di ragionare. Ha tirato fuori dalla giacca un affare di metallo grande come un bottone e se lo rigira tra i polpastrelli.

- Che diavolo...

I due che mi tengono fermo mi strattonano il giubbotto. Quando scostano a sufficienza i lembi, trovano ciò che stavano cercando: il microfono che sta trasmettendo tutta la nostra conversazione alla polizia.

- Figlio di buona donna, la pagherai!

Una pistola compare nella mano del capobanda.

Penso di essere spacciato, di essermela giocata davvero male e sempre a causa del mio maledetto carattere impulsivo.

Eppure rifarei tutto. Non potevo permettere a questa feccia di continuare a approfittarsi dei più deboli. Non avrebbero mai smesso di ricattarci. E, se anche io e Teddy siamo in grado di pagare, non tutti hanno la stessa fortuna: il racconto sulla fine del povero Paul Dubois la dice lunga.

Ripenso alla mia vita nella casa occupata, alle persone che hanno fatto per un breve istante parte della famiglia che mi ha protetto dalla strada.

Sbandati, ragazzi al limite. La maggior parte della gente li considererebbe casi persi.

Io però non riesco a sentirmi superiore.

Solo il caso ha fatto sì che io uscissi pulito da quella situazione, solo lo sport è riuscito a salvarmi.

Vince Clermont e la sua banda di strozzini si fanno forti con chi è debole, rendono ancora più difficile la vita di chi già ha tanti problemi.

Per questo, quando Teddy è venuto a comunicarmi che ci avevano chiesto una nuova "rata del prestito", abbiamo deciso di comune accordo di rivolgerci alle autorità.

Abbiamo preparato i soldi, lasciato che il poliziotto mettesse un trasmettitore nella borsa e dei microfoni addosso a noi. Ci siamo fatti spiegare come provocarli, come spingere questi criminali a confessare almeno parte delle porcate che hanno commesso.

Sarebbe andato tutto liscio, se faccia butterata non avesse messo in mezzo Camille.

Quando si tratta di lei, l'istinto di protezione ha la meglio perfino sulla mia autoconservazione.

Sono proprio un cretino irrecuperabile. E credo di essere innamorato di lei senza più scampo.

- Fermi, polizia!

L'urlo, che arriva contemporaneamente da entrambi i lati del vicolo, mi fa scorrere un brivido di sollievo lungo la spina dorsale.
- Gettate le armi! Faccia a terra.

Vince non pare essere d'accordo con la piega presa dalla situazione. Grida: - Fottetevi! - e spara in direzione dell'agente che si trova alle mie spalle.

Gli altri membri della banda, per fortuna, non sembrano altrettanto determinati a vincere o morire. Mi lasciano andare e sollevano le braccia sopra la testa.

Dal fondo del vicolo sopraggiungono altri due poliziotti, che riescono a immobilizzare e disarmare il capo.

Mi sembra tutto irreale, di nuovo mi trovo a pensare a una scena venuta fuori da una vecchia pellicola. L'unica cosa vera è il fatto che abbiamo compiuto il nostro dovere e che siamo ancora vivi per raccontarlo.

Mentre gli agenti si occupano di ammanettare gli strozzini, incrocio lo sguardo di Teddy. Per la prima volta da quando ci siamo rincontrati, non è più sfuggente e pieno di vergogna.

I suoi occhi scuri, in questo momento, sono fieri e brillano della consapevolezza di aver fatto qualcosa di importante. Di davvero utile.
- Non ti daranno più fastidio - affermo, non appena riesco ad avvicinarlo. Gli assesto una pacca sulla spalla e ricevo in cambio un sorriso sincero.

- Ti ringrazio, J - dice. - Non solo per avermi prestato i tuoi soldi, ma per avermi offerto il tuo aiuto.

Entrambi guardiamo Vince Clermont che viene fatto entrare a forza in una volante e so che tutti e due stiamo pensando a Paul Dubois. Non all'uomo che è appena stato ucciso per non aver saldato i propri debiti, ma al ragazzino con i denti sporgenti che non trovava il coraggio di parlare con nessuno.

- Sono io a doverti ringraziare, amico - sussurro a Theodore. - Per avermi fatto ricordare che non devo dare per scontata la mia fortuna e che non devo dimenticare da dove vengo...

CAMILLE

- Cioè voi sapevate che si stava mettendo in pericolo e non avete fatto niente per fermarlo?

Non posso credere a quanto siano stronzi.

- E avete anche il coraggio di definirvi suoi amici?

- Calmati - interviene Noah, provando la carta della gentilezza.

Arriva perfino a sporgersi verso di me per accarezzarmi una spalla, ma mi ritraggo come una furia.

- Un consiglio per le tue relazioni future con le donne - lo fulmino. - *Mai* consigliare a una tipa incazzata di calmarsi.

- Stai esagerando.

Quest'altro genio del *savoir faire* con il genere femminile è, ovviamente, mio fratello.

- Niente affatto! Jax ha rischiato di prendersi una pallottola.

Fa spallucce. - Solo perché ha agito da testa calda come suo solito.

Sollevo lo sguardo al cielo. Questa conversazione sta diventando più surreale di minuto in minuto. - Stai ancora facendo il cretino perché non ti va che io e lui usciamo insieme.

- Oh, no. In realtà a me sta anche bene che voi usciate. Quello che mi irrita è che possiate trovarvi tutti e due in un luogo appartato, con la sua lingua nella tua bocca e le sue mani...

- È arrivato - lo interrompe Noah, per fortuna.

Scatto in piedi e corro verso la porta. Sul vialetto di casa nostra posso scorgere la figura alta di LeBlanc. Le sue spalle larghe sono leggermente chine, come se fosse molto stanco.

Non stento a crederlo: da quello che ho saputo, l'operazione di polizia è stata lunga da progettare e complicata da portare a termine. E Jax ha passato le ultime ore nell'ufficio del Detective a firmare scartoffie e a rispondere a domande scomode.

Apro la porta di scatto e gli corro incontro. Lui solleva su di me un paio di occhi incredibili, provati ma luminosissimi.

- Ehi...

Allarga le braccia, non so cosa si aspetti. Forse che io lo stringa commossa e lo copra di piccoli e teneri baci.

Quello che riceve è uno schiaffo con i fiocchi. Una sberla così decisa da lasciargli sulla guancia il segno delle mie cinque dita aperte.
- Idiota! - singhiozzo, senza riuscire a trattenermi oltre. - Avresti potuto lasciarci la pelle.

Sbatte le palpebre, come se cercasse di dare un senso a tutta la scena. Quindi, mostrando un certo coraggio, fa un passo in avanti e mi prende i polsi per accertarsi che non lo aggredisca di nuovo.

- Lo so - mormora, abbassandosi fino ad appoggiare la sua fronte contro la mia. - Ma, se non avessi preso parte all'inganno, le forze dell'ordine non avrebbero avuto le prove necessarie per incastrare la banda. E allora ti assicuro che tante altre persone avrebbero rischiato di finire molto male.

Ha ragione, è chiaro. Lo so anche io che si trattava della cosa giusta da fare.

Anzi, io dovrei essere quella maggiormente in grado di comprendere le sue scelte, alla luce di quello che mi ha raccontato riguardo il suo passato.

Eppure non riesco a dirgli che ha fatto bene. Non mi è proprio possibile approvare la sua decisione di mettersi a rischio.

Non riesco nemmeno a esprimere ciò che ho provato, quando Léonard mi ha messo al corrente di ciò che era successo. Il cuore sembrava impazzito, mi sudavano le mani. Tutto quello che volevo era correre da Jax, poterlo vedere ancora una volta e urlargli contro che io...

Non riesco più a trattenermi. Le lacrime che ho tenuto a freno fino a ora iniziano a scorrermi lungo le guance.

Mi avvolge tra le braccia, mi stringe a sé e io inspiro il profumo della sua pelle, mi faccio cullare dal calore del corpo solido.

- È finita, non soltanto con gli strozzini - sussurra, il fiato caldo mi solletica l'orecchio. - È finita l'epoca in cui dovevo coltivare la rabbia per sentirmi vivo. Farò pace con il mio passato, Cami, te lo prometto. Smetterò di fingere che non sia esistito e troverò la maniera di non restare aggrappato alla persona che non sono più. Seguirò il tuo consiglio, cercherò qualcuno con cui parlarne.

Si scosta da me e mi prende il viso tra le mani. Mi scruta a lungo, un sorriso gli crea una fossetta malandrina sulla guancia. È davvero bello da togliere il fiato.

Come ho fatto a negare così a lungo di essere attratta da lui? Come ho potuto fingere di non trovarlo sexy e complicato, irritante e meraviglioso, vulnerabile e forte?

Jax LeBlanc è un mistero che va scoperto un tassello alla volta e io ho tutta l'intenzione di studiarlo a fondo.

- Ti ho presa in giro per tanto tempo chiamandoti Miss Stress, ma la verità è che tu cerchi di tirare fuori il meglio da te stessa e dagli altri. Sei generosa, gentile, impulsiva. Appassionata. Tu illumini la vita di chi ti sta accanto, Camille Bouchard.

Nuove lacrime si formano tra le mie ciglia, ma questa volta nascono da un sentimento del tutto diverso. Da un'emozione che non riesco a trattenere e che mi scalda il centro del petto come un sole radioso.

Ma Jax non ha ancora finito. - Tu hai visto i miei demoni e mi hai dato il coraggio di affrontarli.

- E tu mi hai obbligata ad abbandonare la mia comfort zone, a mettere da parte i miei pregiudizi - rispondo in un sussurro. - Grazie a te ho imparato che non posso controllare tutto, né impedire che la vita mia o quella dei miei cari prenda strade inaspettate. - Abbasso le ciglia, incapace di sostenere il suo sguardo. - Volevo vivere al sicuro, ma non si può vincere una partita se si gioca solo in difesa, giusto?

- Ti svelerò un segreto - ride. - Per quanto un attaccante possa essere forte e incredibilmente figo come me, nessuno può andare in porta senza l'appoggio di un team altrettanto valido.

Sfiora le mie labbra con le sue, in un tocco appena accennato che riesce però a farmi provare mille brividi.

- Tu e io siamo circondati da persone straordinarie. Dobbiamo solo smettere di voler fare tutto da soli e offrire maggior fiducia a chi ci circonda. Imparare a fare gioco di squadra.

Sorrido a mia volta. - Per il momento, che ne diresti però se ci ritagliassimo un momento a due?

La luce che gli brilla nello sguardo rivela che l'idea lo eccita. - Più tardi da me?

Gemo per la frustrazione, perché l'idea di aspettare mi rende irrequieta.

Vengo ricompensata con un bacio vero, lento e profondo. La lingua di LeBlanc si fa strada attraverso le mie labbra, le accarezza e mi coinvolge in un turbine di peccato e meraviglia.

Mi aggrappo alle sue spalle, faccio aderire il corpo contro di lui: che si penta di non avermi rapita subito, magari caricandomi in spalla come un uomo delle caverne.

Avverto la sua mano scendere lungo la mia schiena e appoggiarsi sul sedere: mi stringe con intenzione.

Se non mi sottraggo subito, finiremo per dare spettacolo davanti a tutto il vicinato. O, ciò che è peggio, davanti ai miei familiari e a Noah, che di sicuro ci stanno spiando dalla finestra.

Mi stacco da lui, il respiro accelerato e la gioia che mi fa formicolare il ventre.

- Stasera? - chiedo, per avere conferma che non dovrò aspettare a lungo prima di poterlo spogliare.

- Tutta la notte - mi risponde languido, mordendo un lobo. - Ho in mente di leccarti e accarezzarti così a lungo che alla fine implorerai pietà.

- Potrei stupirti e implorare di averne ancora...

Ah, l'espressione sul suo viso! È sul serio quella di uno pronto a divorarmi.

- Abbiamo smesso di far parte di squadre avversarie, cara Miss Stress - mormora. - Ma credo che avremo ancora occasione di giocare insieme.

Quando alla fine ci decidiamo a rientrare in casa, tutti fanno finta di niente. Per fortuna sono atleti di Lacrosse e non assi del poker, perché non sono tanto bravi a bluffare.

- Allora, fratello, sei tutto intero - lo accoglie Noah, andando incontro all'amico e stritolandolo in un abbraccio caloroso. - Grazie per averci chiamato non appena arrivato alla centrale. So che questa era una faccenda che dovevi sistemare per forza, ma eravamo davvero sulle spine.

Vedo che Jax sta lanciando un'occhiata a mio fratello, ancora seduto al tavolo. - Magari qualcuno avrebbe preferito che venissi levato di mezzo.

- Non dire stronzate - borbotta Leo, guardando fuori dalla finestra. - Se c'è qualcuno che deve farti la pelle, quello sono io, non certo degli usurai qualunque.

Si decide ad alzarsi e ci viene incontro. - Ma, per il momento, sei salvo: Camille sembra inspiegabilmente contenta e quindi non ti ucciderò.

Si scambiano un'espressione che mi scalda il cuore: è il tipo di complicità che speravo di vedere riaffiorare.

- E poi - riprende Léonard. - Il fatto che tu ti sia aperto con me e Noah, ieri, raccontando del tuo passato e della tua intenzione di aiutare Teddy collaborando con la polizia... Mi ha fatto riflettere. Ci conoscevamo da tanto, ma non avevamo mai parlato di certi temi: tu non mi hai mai detto niente della tua infanzia e io ho sempre evitato il discorso della perdita di Juliet. – Assume un'espressione risoluta. - Però, se Jax LeBlanc può affrontare le sue ombre, di sicuro posso farlo anche io. Lo devo ai miei figli.

Ho sognato così a lungo di sentire mio fratello dire una cosa simile che, per l'ennesima volta oggi, sento il naso pizzicare per la commozione.

So che Leo ha sofferto tanto e che il dolore per Juliet non scomparirà mai.

Però non è da solo. Se inizierà ad aprirsi, sono certa che saprà ricostruire il rapporto con Lewis e Cody.

- E io sarò sempre al tuo fianco - affermo, dolce, mentre gli prendo una mano.

- A questo proposito... - Abbassa gli occhi e lo vedo in imbarazzo. - Io e Jax ne abbiamo parlato. Del fatto che tu ti senta in dovere di prenderti cura di noi. So di aver fatto un casino e di essere stato assente per tanto tempo, ma ho già iniziato a cambiare.

- Voi avete parlato di me? - quasi mi strozzo nel dirlo. - E non mi sento affatto costretta, trasferirmi qui per starvi vicino è stata una mia libera scelta!

- Noi te ne saremo grati per sempre. E questa resterà la tua casa finché lo vorrai. - Mi prende le mani e mi fissa, con lo sguardo severo e serio da fratello maggiore che non gli vedevo più da tanto tempo. - Ma non è giusto che sacrifichi i tuoi sogni. Sono io il padre dei ragazzi, loro sono la mia responsabilità e il mio orgoglio. Se tu vorrai restare ad abitare qui ed essere la zia meravigliosa che loro tanto amano, sarà stupendo. Però pretendo che tu riprenda l'università. Amavi l'idea di diventare psicologa e solo noi sappiamo quanto tu sia capace di aiutare gli altri e di far sentire loro che li appoggi.

Mi manca la terra sotto i piedi. Tornare a studiare è più di quanto osassi sognare. Il mio desiderio segreto, ciò che ho sempre voluto per me e che ero convinta di non poter più avere.

Eppure una parte di me sente di non voler fare ritorno a Edmonton, in Alberta. Avevo scelto quel campus perché era prestigioso, ma anche perché era distante da casa. Volevo affermare la mia indipendenza, trovare la mia strada lontano dalla cittadina in cui ero nata e cresciuta.

Ma Thunder Bay rappresenta le mie radici, mi ha accolta di nuovo quando ero in pezzi ed è qui che ho imparato a capire chi sono davvero e cosa desidero diventare.

- Comunque, se ti andasse di prendere in considerazione di non trasferirti, ho raccolto alcune informazioni.

L'affermazione di Jax mi coglie di sorpresa e mi ritrovo a sbarrare gli occhi di fronte alle brochure che mi sta tendendo. Sono dell'ateneo locale, la *Lakehead University*.

- Ho controllato e il corso di psicologia sembra molto valido. Le lezioni si possono seguire on-line o in presenza e i docenti...

Non lo lascio finire. Gli getto le braccia al collo, facendo cadere a terra i volantini.

Non posso credere che gli uomini più importanti della mia vita abbiano cospirato per rendermi felice e realizzata. Leo e Jax sono stati capaci di mettere da parte le loro divergenze per trovare il modo di offrirmi tutto ciò che ho sempre voluto.

Mi volto verso mio fratello e lo invito a raggiungerci. Abbraccio anche lui e Noah decide di non restare escluso. Con una falcata, si unisce al gruppo e stringe tutti in una presa decisa.

- Siamo proprio un bel team, gente - esclama.

Serrata tra tre massicci giocatori di Lacrosse, potrei provare un senso di soffocamento. Invece mi sento protetta, al sicuro e benedetta.

Perché non siamo solo una bella squadra.

Noi siamo una famiglia.

EPILOGO JAX

Vigilia di Natale

Oggi è un giorno speciale.

I giovani talenti del corso di Lacrosse cui sono iscritti Lewis e Cody hanno l'opportunità di dimostrare le loro abilità in una partita amichevole contro la squadra di un paese vicino a Thunder Bay.

L'atmosfera è carica di eccitazione e di aspettativa, mentre genitori e amici si radunano nel Palazzetto dello Sport, addobbato con festoni natalizi e alberi scintillanti, per tifare e sostenere i piccoli giocatori.

L'odore di cioccolata calda e popcorn aleggia nell'aria.

I bambini corrono su e giù, scaldandosi e scherzando con i compagni di squadra. Gli spalti sono pieni di occhi orgogliosi e telecamere pronte per immortalare ogni momento.

Bouchard si è trasformato in un tifoso entusiasta, dato che i suoi ragazzi sono entrambi in campo.

Mi vede subito arrivare. Solleva la mano per salutarmi. Tutto come al solito. Ma il suo sguardo dice al tempo stesso "ti tengo d'occhio".

La tensione tra noi si è sciolta. Abbiamo stabilito una sorta di tregua in cui io evito di buttargli in faccia che mi scopo sua sorella, anche se la faccenda è più che evidente, e lui tiene a freno la sua voglia di spaccarmi il muso.

Perché in fondo siamo una famiglia. Sa che per lei provo dei sentimenti veri e che, forse, non sono più lo stesso cazzone di un tempo.

I giocatori della squadra ospite sono già sul campo.

I bambini di Thunder Bay si schierano sulla linea laterale, ansiosi di mostrare ciò che hanno imparato durante il corso.

L'arbitro fischia l'inizio della partita e subito vedo Cody fare un passaggio preciso a Lewis. Quei nanetti hanno un grande futuro davanti.

- Cos'è quel sorriso, fratello? Nostalgia?

Anche Noah è arrivato al palazzetto. Ci siamo tutti, alla fine.

- E anche un po' di orgoglio. Questi bambini un giorno potrebbero essere i nuovi *Gladiators*.

- Mi fai sentire vecchio - ride.

- Vecchio decisamente non mi ci sento, forse giusto un filo più saggio - commento.

Ho iniziato gli incontri con una dottoressa davvero in gamba, che mi sta aiutando a guardare in faccia le mie ferite. Non è facile, ma sono motivato.

- Be', di sicuro più generoso. - Demeter è in ritardo come al solito, arriva avvolta in una enorme sciarpa color ruggine brillante e si siede accanto a Léonard, che le rivolge uno sguardo strano, a metà tra l'imbarazzato e l'entusiasta.

Mi offre una fetta delle torte. Sono squisite, ma declino l'offerta.

- Ti ringrazio ancora una volta per avermi aiutato a organizzare l'evento benefico di Capodanno - mi sorride. Poi si rivolge agli altri. - Vi aspetto tutti, vero?

Visto il successo della raccolta fondi di novembre, abbiamo pensato di organizzarne un'altra in occasione della fine dell'anno. Certo, gli impegni, ora che è iniziata la stagione di Lacrosse, sono tanti e non devo concedermi troppe distrazioni. Ma credo che occuparmi dei bambini in questo modo faccia parte del mio percorso di guarigione.

- Certo che saremo presenti. Non mancheremmo per niente al mondo.

Camille, che è arrivata con la sua amica, si scusa per il ritardo e si siede nel posto che le avevo tenuto libero.

Non so se sia merito della straordinaria quantità di endorfine che le faccio produrre da quando facciamo coppia fissa o se dipenda dalla soddisfazione di essersi iscritta alla facoltà di psicologia della *Lakeside University*, ma mi sembra ancora più radiosa del solito.

Mi dà un bacio veloce, per non irritare suo fratello. Ma lui è ancora distratto e sta chiaramente pensando ad altro.

Dopo qualche istante sbotta, fissando non il volto di Demi ma un punto imprecisato all'altezza della sua sciarpa arancione. - Io non sono sicuro di poter venire alla tua festa. Dipende da quello che vogliono fare i ragazzi...

- Guarda che Lewis si è già offerto di aiutarmi con i giochi di luce di mezzanotte - risponde lei, facendo spallucce. – Quindi, se non ti va di venire, dovrai trovare un'altra scusa che non coinvolga i tuoi figli.

L'espressione di Leo diventa così comica che scoppierei a ridere, se non avessi giurato di non ritrovarmi di nuovo in mezzo a una rissa.

Per fortuna l'attenzione di tutti viene sviata da un'azione sul campo. Cody ha preso possesso della palla e l'ha lanciata in rete dopo aver evitato con destrezza un paio di difensori avversari.

- Vai così! Grande - grido, alzandomi in piedi.

Subito vengo imitato dal resto del gruppo, che fa un tifo quasi imbarazzante.

Il ragazzino si volta verso di noi, ci saluta con la stecca e ci fa cenno di piantarla.

Ma so che, sotto sotto, gli fa piacere.

- Si può sapere perché non siamo andati a casa con gli altri?

Camille cerca di estorcermi informazioni, ma non saprà niente da me. Ho preparato con cura questa sorpresa e non riuscirà a convincermi a parlare.

- Avevo promesso ai ragazzi di portarli a prendere la pizza per festeggiare la vittoria.

- Non ti preoccupare, ci pensa Leo a loro. Tu e io abbiamo una faccenda in sospeso che dobbiamo sistemare.

Fa una faccia preoccupata, così la prendo per mano e la conduco giù dagli spalti, ormai praticamente deserti. Se ne stanno andando tutti e il palazzetto già non risuona più di voci.

- Ehi, bello - dico, rivolto al tizio vestito con la divisa dell'associazione sportiva locale.

- Bro - risponde, ricambiando la mia pacca.

- Ti posso presentare la mia ragazza?

Camille gli tende una mano, saluta in maniera educata. Solo quando l'assistente si presenta, sgrana gli occhioni chiari. Si tratta di Teddy Highfield.

- Ho sentito tanto parlare di te - dice il mio compagno - Forse anche tu avrai ascoltato dei racconti sul mio conto, non prenderli troppo sul serio e tieni solo le parti belle.

- Lavori qui?

- Sono stato assunto come tuttofare. Tengo in ordine il palazzetto, do una mano al coach con i pulcini della squadra, faccio commissioni. - Alza le spalle. - Ho accettato l'impiego perché non avevo niente di meglio, però in realtà mi piace molto. C'è un bel clima e mi fa sentire utile.

Sono contento che non abbia menzionato il fatto che sia stato io a proporlo all'allenatore. Non mi va che si sappia in giro.

Ho una cattiva reputazione da difendere, dopotutto.

E poi è stato merito di Teddy, se alla fine l'hanno preso: si è dimostrato volenteroso e ce la sta mettendo tutta.

Il passato non verrà cancellato con un colpo di spugna né per lui né per me, ma possiamo almeno dire che stiamo provando a fare qualcosa di buono delle nostre vite.

- Andate, ho lasciato aperto. - Mi fa l'occhiolino e si avvia giù lungo il corridoio, fischiettando.

- Devo preoccuparmi? - chiede Cami, ma sta ridendo.

La conosco: so che, dietro alla facciata della persona che vuole tenere tutto sotto controllo, c'è una ragazzaccia che ama le sorprese.

Le prendo di nuovo le dita, finché arriviamo davanti alla nostra meta.

- Sul serio?

- Qui è dove tutto ha avuto inizio - rispondo.

Sto scherzando, ma c'è una parte di me che lo pensa davvero. Guardo la porta e penso che, la prima volta che ci siamo nascosti qui dentro, volevo solo infilarmi tra le sue cosce. Ora voglio anche invadere i suoi pensieri, essere il protagonista dei suoi sogni.

Ma, in ogni caso, l'idea di scoparla in uno sgabuzzino ancora me lo fa diventare duro.

Sgattaioliamo all'interno, chiudo a chiave e mi volto a guardarla.

Sta ammirando le file di LED luminosi che ho disposto questo pomeriggio per dare un tocco di romanticismo a quello che, a conti fatti, non è certo un luogo poetico.

Vedo che apre la bocca per parlare, però non resisto più. L'afferro per i fianchi e me la tiro contro. Approfitto delle sue labbra schiuse per tramortirla con un bacio da capogiro.

- Avevi un delizioso balconcino di pizzo, durante l'open day. Me lo hai fatto vedere e poi mi hai lasciato a bocca asciutta sul più bello - ricordo, mentre le percorro i fianchi con le mani.

- Credimi, è stato più difficile per me che per te tirarmi indietro - annaspa, mentre mi aiuta a sfilare la maglietta e a rimanere a torso nudo. Mi rimira con soddisfazione e passa il palmo aperto lungo i miei pettorali, fino agli addominali. Poi scende più giù. - Tu non hai idea di cosa significhi trovarsi davanti a tutto questo e dover mantenere il controllo.

Slaccio la patta dei jeans. - Ora puoi godertelo senza fingere che non ti interessi. Ma, prima, tocca a me.

La libero del maglione. Questa volta il reggiseno è rosso, in tema con le Feste. Sfioro il raso e avverto subito i bottoncini dei capezzoli risvegliarsi.

- Sei un incanto, Camille - ammetto, mentre mi abbasso ad assaggiarne uno. - Per me, sei l'unica.

Mi infila le dita tra i capelli, mi tiene vicino perché non smetta di giocare con lei.

- Tu sei il solo da cui avevo giurato di stare lontano - la sento ammettere, tra i sospiri. – E, invece, sei tutto ciò che voglio.

Risalgo verso il collo, una scia di baci e morsi mi portano fino alla sua bocca. Prendo di nuovo possesso delle sue labbra, l'afferro per le natiche con le mani.

Una scena così simile a quella che ci ha visto insieme la prima volta, eppure così diversa. Questa sera so che lei non fuggirà, perché nessuno dei due ha più paura di essere sincero.

- Ti amo.

Due parole, così semplici e sfruttate. Per me però sono nuove, non le ho mai usate prima.

Il sorriso che illumina il volto di Camille mi fa capire che non le ho sprecate, che le ho rivolte alla persona giusta. Quella che mi fa ammattire e mi eccita, quella che mi sprona a essere migliore ma è lì a raccogliermi se cado.

Avevo paura di trascinarla nel mio buio, non avevo capito che lei è la luce in grado di cancellare tutte le ombre.

- Anche io ti amo, Jax. - Mi carezza la guancia. - Così tanto che non so come dirlo a parole.

La sollevo tra le braccia e la faccio sedere sul bancone. Quindi mi infilo tra le sue cosce. - Non ti preoccupare, abbiamo altri modi per comunicare, noi due.

E il bacio che segue mi fa capire che ho ragione.

THE END

Grazie alle nostre care lettrici, il vostro sostegno è un tesoro prezioso.

Le recensioni sono molto importanti per noi autrici. Dedicateci un momento e lasciate la vostra opinione su Amazon. Ve ne saremo davvero grate!

*

Come sempre, giunte al termine di un romanzo ci sono tante persone che vogliamo ringraziare:

innanzitutto i nostri compagni, che sanno quanto impegno richieda scrivere e rivedere un libro;

Valentina, che ci ha offerto supporto emotivo, consigli e risate;

Federica, che per noi c'è sempre;

le blogger che ci hanno letto in anteprima, fornendoci un sostegno prezioso.

Grazie a tutte le persone che hanno sognato con Jax e Cami, speriamo che il viaggio a Thunder Bay sia stato piacevole e che vi abbia riservato emozioni.

Continuate a seguirci, le sorprese non sono finite!

Con amore,

Pamela & Michela

LE AUTRICI

PAMELA BOIOCCHI & MICHELA PIAZZA

Pamela e Michela sono autrici di oltre venticinque romanzi scritti a quattro mani.

Amano spaziare dal chick-lit all'erotico fino all'historical romance, ma nelle loro storie non manca mai un tocco hot.

Hanno pubblicato per Mondadori, Rizzoli e diverse altre CE, però amano anche il Self.

Lavorano come editor e writing coach.

Nonostante vivano a quattromila chilometri di distanza, Pamela e Michela restano legate da una pazza amicizia e dal potere dei sogni.

CONTATTI

www.amorialpeperoncino.com

Ci trovi su tutti i social come ***Amori al Peperoncino!***

Cerca il nostro gruppo Facebook e la nostra pagina. Siamo anche su Instagram, Twitter, Waveful e tiktok.

Se vuoi leggere gratuitamente uno dei nostri romanzi, segui il qr code!

Inquadralo con la fotocamera del tuo telefono oppure puoi usare una delle app apposite.

Printed by Amazon Italia Logistica S.r.l.
Torrazza Piemonte (TO), Italy

51649224R00141